СОЛДАТЪ ЯШКА.

СОЛДАТЪ ЯШКА.

ВСЯ ЕГО ЖИЗНЬ:

ДѢТСТВО, ПРОКАЗЫ И РАСКАЯНІЕ.

народный русскій разсказъ

Ивана Ваненко.

> Вѣкъ пережить, не
> поле перейтить.
> *Русская пословица.*

съ литографированными картинками.

МОСКВА.
Въ Типографіи Вѣд. Москов. Город. Полиціи.
1857.

СОЛДАТЪ ЯШКА.

НАРОДНЫЙ РУССКІЙ РАЗСКАЗЪ.

ЧАСТЬ ВТОРАЯ.

Разныя продѣлки Яшкины въ сол-
датскомъ быту.

Сдѣлался Яшка солдатомъ, — при-
шлось ему такъ и вѣкъ свѣковать.

Жилъ онъ Яшка на славу, по казац-
кому праву: солдату, бывало, въ тѣ вре-
мена, три деньги въ день, — куда хочешь
туда и день... такъ онъ запрячетъ по
деньгѣ въ карманъ, да къ вечеру въ каж-
домъ барыша и доискивается; а карманы
его были оброчники вѣрные, никогда пла-
тить не отказывались: набивалъ ихъ Яшка
всякимъ добромъ, и плохимъ, и хоро-
шимъ; а если не подойдетъ рука ничего
въ карманъ запрятать, такъ онъ хоть
свою полу засунетъ:« на, говоритъ, хоть

это,—а то позабудешь пожалуй, что
карманы не на то пришиты, чтобъ ихъ
пустыми носить!»

— Ну, Яшка, плохая у тебя замаш-
ка! говорили товарищи; попадешь ты
со своими товарищами въ-просакъ, уз-
наешь смакъ въ березовой кашицѣ, по-
пробуешь и дубовыхъ пироговъ съ жи-
молостнымъ масломъ!

Яшка, бывало, въ отвѣтъ, вынетъ тав-
линку узорчатую, со слюдой на красной
бумагѣ,—да и попотчуетъ изъ ней таба-
комъ совѣтчика; тотъ станетъ нюхать, а
Яшка и спрашиваетъ: «Что, братъ,
хорошъ табакъ?

— Знатный, березинскій.

« А отчего-жь у тебя такого нѣтъ?

— Да купить не начто.

« То-то-жь и есть,—скажетъ Яш-
ка,—будешь бояться березовой кашицы
и прочаго, такъ не будешь имѣть и бере-
зинскаго; а намъ, подъ-часъ, и рульный

нипочемъ. Держись, милый, пословицы:
«на то щука въ морѣ, чтобы карась не
дремалъ! »

Такимъ—то побытомъ, и такими-то мѣ-
рами, нажилъ себѣ нашъ Яшка красную
рубашку съ синими ластовицами,—по
ней дано ему и прозвище.

Далѣе вотъ что о его приключеніяхъ
значится:

————

1.

Какъ Яшка наскоро знакомство сводилъ.

Придетъ куда полкъ, гдѣ Яшка числился, бѣдные солдатушки умаются, — кто гдѣ привалился, тамъ и спитъ; иному не хочется и сухаря сжевать, не тянется и кашицы перехватить; а Яшка словно встрепаный, — ему не до сна, не до ужина, — пошелъ шнырять по избамъ.

Попадется ему мужичекъ, видитъ Яшка, что простачекъ... — А! здорово, землякъ!.. братъ Степанъ тебѣ кланяется, встрѣтились мы съ нимъ на походѣ, — такой сытый, Богъ съ нимъ. — Велѣлъ тебѣ про его здоровье свѣчу поставить.»

— Какой Степанъ? спроситъ мужичокъ.

« А развѣ его не Степаномъ зовутъ? Ну, пропадай, забылъ совсѣмъ: на походѣ память притопчется; какъ же его зовутъ-то-бишь? »

— Кого?

« Да брата твоего, что въ военной службѣ теперь? »

— У меня брата никогда и не было.

« Такъ вѣрно же родня какая-нибудь: коротко знаетъ тебя...

Яшка во время этого разговора успѣетъ уже на лавку присѣсть, да къ хлѣбу, что на столѣ стоитъ, придвигается.

— Развѣ ужь не племянникъ ли, —скажетъ мужичекъ: —онъ года съ четыре отданъ въ некруты...

« Ну, вѣрно племянникъ!.. а вишь какъ похожъ: то же и борода рыжевата была, только теперь выбрита.

Между тѣмъ Яшка уже ломаетъ хлѣбъ, да закусываетъ.

Мужичекъ-простякъ и радъ растолко-
ваться: про племянника распрашиваетъ
и про себя разсказываетъ. Янка опле-
таетъ себѣ, а на словахъ такъ мелкимъ
бѣсомъ и разсыпается,—обувшись въ
ротъ лѣзетъ. Если же мужичекъ добръ
черезъ-чуръ, то онъ наровитъ и вина
чарку-другую справить съ него.

2.

Разныя проказы Яшкины и молва о немъ.

Правда, случалось, что не всякій развѣвалъ ротъ на его росказни: иной разъ выпроваживали не честью изъ избы, если видѣли, что Яшка вретъ безъ милости. Такъ онъ тогда наровитъ захватить что-нибудь на память съ собой: или шапку съ лавки, или кушакъ со стѣны, а буде изловчится—и кафтану спуску нѣтъ. Если же въ избѣ не тяга, да до воротъ никто не доведетъ, такъ онъ осмотритъ, нѣтъ ли на телѣгѣ лишняго колеса. . «Будетъ, говоритъ, и трехъ для мужицкой телѣги: я видалъ, что иногда и бояре только на

двухъ ѣздятъ, да вѣдь не тише ихъ!»—
Выкатитъ за околицу, сколотитъ ободъ,
да продастъ кузнецу, а ступицу своло-
четъ версты за три,—чтобы хоть поде-
шевле продать, да не даромъ отдать.

Если застанутъ Яшку въ такой про-
дѣлкѣ, закричатъ: «стой, служивый,
что ты это ты дѣлаешь?»

Онъ все-таки колесо съ оси тащить
не перестаетъ.

— Что-ты, говорятъ тебѣ, дѣлаешь?

« Постой, скажетъ Яшка дай носмо-
трѣть, что это такое?.

— Что-жь ты, аль не видишь что
колесо?.

« И впрямь колесо!.. экъ я въ нѣмчур-
ской-то землѣ насмотрѣлся,—русскаго ко-
леса не узнаю!... Дѣло диковинное, поди
ты, насилу разобрать могу!

Самъ ходитъ кругомъ колесъ, выпуча
глаза, осматриваетъ.

— Да что тебѣ, служивый, ай мере-
щится?.. Чай у нѣмчуры такія же коле-
са, что и у насъ.

« То-то что не такія.

— А какія же?

« Да тамъ совсѣмъ не такія: тамъ четы-
рехъ-угольныя; а хитро-жъ и устроены:
шибче нашихъ бѣгутъ!

— Полно, служба, морочить; ну какъ
это можно!

« Эки пни! — закричитъ Яшка, — не вѣ-
рятъ еще!.. Да сами взгляните попри-
стальнѣй: это колесо-то потихоньку вер-
тится, а то, какъ ни хватитъ разъ, то
аршина и нѣтъ!.. а пойдетъ катать даль-
ше, — такъ хоть трехъ лошадей заразъ
рядомъ пусти, и то не нагонятъ.

— Чай и тамъ лошади такія-жъ, что и
у насъ.

« То-то вотъ ты много чаешь, а ни-
чего не знаешь... Лошади такія!. Я на

нихъ тамъ лѣтъ съ семь ѣзжалъ, а и теперь порядкомъ не разберу, что за звѣри они: глядишь, иная—спереди кобылка, а сзади быкъ; или примѣрно меренъ,—кажется гнѣдъ, а шерсти на немъ нѣтъ.

— И, служивый, этому вовсе повѣрить нельзя.

« Ну, закричитъ Яшка: васъ не переговоришь! —

Махнетъ рукой, и пойдетъ съ досадой домой; и не то ему досадно, что не вѣрятъ, есть ли въ словахъ его путь, а то досадно, что не дали колеса стянуть.

—

Такія-то продѣлки у нашего Яшки бывали, и такъ его всѣ признали, что помнятъ еще и до сихъ поръ. Вотъ разъ случился какой разговоръ:

Сошлися двѣ старухи, поразговорились

про старое житье-бытье—и про Яшку вспомянули тутъ.

« Что, Спиридоновна, у насъ ничего не слыхать?.. у насъ, говорятъ, постой поставить хотятъ.

« Ой-ли?—Ну, избави васъ, Господи!.. у насъ былъ постой года съ три тому, да мы не чаяли какъ и отдѣлаться: напался служивый Яшка солдатъ,—бывало ни себѣ, ни ребятишкамъ ничего получше въ печь не ставь—все пріѣстъ, разбойникъ!.. «Тѣ, говоритъ, малы, а ты стара, вы и черный хлѣбъ не отличите отъ пряника; а блины да пироги про насъ береги, наше дѣло солдатское: у насъ съ хлѣба будетъ брюхо лупиться,—такъ не годимся на службу царскую; а тогда вамъ же хуже, какъ начнутъ опять въ рекруты набирать. » Я было сначала и вѣрила, да спасибо кумъ наставилъ на умъ: «Что ты, говоритъ, его слушаешь, онъ въ бусурманской землѣ всякимъ вракамъ научился, такъ тебя и дуритъ! »—Я думаю: постой же, отплачу

тебѣ, голубчику! —Пойдетъ онъ бывало
въ праздникъ по деревнѣ шляться, и
оставитъ дома всю амуницію; я и спро-
сила его: «что это, господинъ служи-
вый, у васъ за сумочка, которую вы на
стѣну вѣшаете? «Это, говоритъ, сум-
ка съ *патронами*...» Я и пристала: ска-
жи да скажи, что это за патроны такіе?.
Онъ и признался: «это, говоритъ, прися-
га солдатская.»—Слышала я, что солдатъ
безъ присяги не можетъ жить; вотъ,
какъ онъ разъ пріѣлъ все у насъ, да
ушелъ со двора, «постой, говорю я, раз-
бойникъ, будешь ты безъ присяги у ме-
ня!» схватила сумку, да въ печь...
батюшки свѣты—куда и печь и изба!.
не знаю, какъ сама осталась жива: а на-
шей полдеревни, какъ корова языкомъ
слизнула—все выгорѣло!—Помилуй Богъ
отъ такихъ солдатъ; я и теперь всегда
прочь бѣгу, коли хоть издали завижу ка-
кого-нибудь.»

————

3.

ЯШКА ЗАСТАВЛЯЕТЪ СТАРУХУ ТОПОРЪ ВАРИТЬ.

Не смотря на страхъ Спиридоновны, поставили постой. И Яшка какъ тутъ, — легокъ на поминѣ.

Прибѣжалъ въ избу къ товаркѣ Спиридоновны, видитъ, сидитъ старуха одна: молодые всѣ жать ушли.

— Давай мнѣ, старая, ѣсть! — закричалъ Яшка; я, по командирскому велѣнью сюда обѣдать пришелъ.

«Да что я вамъ дамъ, господинъ служивый? у насъ и хлѣба нѣтъ, и муки не бывало; вонъ хоть сами посмотрите:

одна вода въ чугунѣ кишитъ; пейте, ко-
ли хотите, а кормить не чѣмъ.

У Яшки было брюхо понабито; онъ
прибѣжалъ понавѣдаться, нѣтъ ли ста-
щить чего.

— Какъ, старая корга, ѣсть нечего?..
Да вотъ видишь ли подъ лавкой топоръ
лежитъ?.. Вари топоръ!

« Какъ это можно, господинъ служи-
вый!

— Какъ можно?—а вотъ какъ!—
схватилъ Яшка топоръ и супулъ въ чу-
гунъ.—Ну, мѣшай, старая колдунья!

Полежалъ топоръ съ минуту, вынулъ
его Яшка.—Вотъ теперь, говоритъ, по-
завтракаю!

« Да онъ, господинъ служивый, еще
ничего и не сварился; такой же какъ
былъ.

— Ну, дѣла нѣтъ что сыръ: не то
вытопишь изъ него жиръ, хрящь оста-
нется,—подавно не ужуешь! Прощай,

старуха! я его дорогой съѣмъ: пока дойду до полка и полтопорица не остается.

Приходитъ сынъ старухи; надо ему идти дрова колоть.

« Матушка! гдѣ топоръ?

— Да служивый съѣлъ.

« Какъ съѣлъ?

— Да такъ. Я ему и варила его; еще снасибо добрый солдатъ напался, не то что у Спиридоновны: топоръ-то былъ совсѣмъ сырехонекъ; а служивый, такой добрый, ну, говоритъ, ужую какъ нибудь!

4.

На двѣ рубахи цѣлый холстъ выга-
дываетъ.

Яшка между тѣмъ промѣнялъ топоръ на алтыны; а какъ еще рано было ему въ полкъ являться, то онъ отправился на но- выя приключенія.

Приходитъ въ другую избу въ деревнѣ; сидитъ старуха ленъ прядетъ.

— Здравствуй, бабушка! каково жи- вешь-можешь, не ломаешь ли зубовъ, когда сухари гложешь?

« Слава Богу, родимый, помаленьку живу-себѣ.

А родимый обернулся разъ пять кру-
гомъ, видитъ стащить нечего, все при-
прятано; давай со старухой раздобары-
вать.

— Ну, бабушка, внукъ твой тебѣ по-
клонъ прислалъ.

— Какой внукъ?

« Ну молодой-то парень, что изъ ва-
шей деревни въ солдаты отданъ!

— Ужь не Матвѣюшка ли?

« Такъ точно, внукъ твой Матвѣй;
неужели ты забыла его?

— Да вѣдь онъ умеръ прошлымъ го-
домъ, мы по немъ и панихиду справили.

« Что за бѣда, что умеръ?—умереть
пожалуй умри, а службу знай: коли празд-
никъ да отдыхъ, будь себѣ покойникъ,
а какъ на ученье или къ походу, опять
вставай на работу! »

— Неужели, родной, у басъ и покой-
никамъ-то покоя нѣтъ?

« Да, бабушка, что таить, таки и
имъ достается порядочно... Вотъ начто

я, примѣромъ сказать, разъ семь умиралъ; а побудешь на томъ свѣтѣ, да и тягу задашь: вѣдь если въ полкъ во-время не явишься,—отдѣлаютъ такъ, что и умирать закаешься.

— Какъ же, батюшка, мужички то? какъ умретъ, то ужь и не встаетъ.

« То мужички, а наше дѣло солдатское: забьютъ въ барабанъ—гдѣ хочешь будь, а во фрунтъ явись!.. Вѣдь если бы, бабушка, всякій солдатъ начистую умиралъ, ни одного бы на свѣтѣ и не осталося.

— И то, родимый; а вѣдь васъ тьма тьмущая, кажись и счета нѣтъ.

« Много-то насъ много, да житье-то у насъ порою мудреное... Вотъ, хоть бы твой внучекъ, Матвѣй, пришелъ сердяга съ того свѣта, весь износился,—рубашенки на плечахъ нѣтъ...« Эхъ, говоритъ, кабы не дальняя дорога, пошелъ бы къ старушкѣ бабушкѣ, дала бы она мнѣ холста на рубаху,—такая она добрая!

— Ахъ,, свѣтъ ты мой, Матвѣюшка! сказала старуха разжалобившись, да я, для тебя родимаго, хоть на двѣ рубахи дамъ.

« Ай, бабушка! вотъ добрая старушка, любишь внучка!... Дай-ко я ему отнесу, то-то онъ обрадуется!.. Будетъ за тебя Богу молить, будетъ благодарствовать.

Встала старушка съ донца, пошла, вынула холстъ, и хочетъ отрѣзать на двѣ рубашки внуку-покойнику.

— Постой, бабушка! говоритъ Яшка, постой! дай я такъ отнесу; есть у насъ швецъ-портняга, дошлый такой: онъ двѣ рубахи выкроитъ, да еще на третью выгадаетъ, а и то меньше холста пойдетъ, нежели какъ ты отрѣжешь сама; дай я къ нему отнесу, а что останется, то тебѣ назадъ доставлю тотчасъ же.

« Изволь, родимый служивый, пусть онъ отрѣжетъ тамъ какъ знаетъ; только бы оставилъ про нужду на насъ.

Отдала старуха холстъ, а Яшка и спасибо бабушкѣ: не даромъ у него день прошелъ, не даромъ онъ со старухою раздобарывалъ.

Пришли домашніе. Разсказала старуха, какъ она для внука-покойника солдату холтъ отдала, чтобы онъ на двѣ рубахи отрѣзалъ ему.

Забранили ее домашніе: «Что ты, старая, надѣлала! вѣдь солдатъ-то плутъ обманулъ тебя: наговорилъ тебѣ небылицъ, а ты и повѣрила. Поди скорѣе къ командиру, проси, чтобы онъ отдать приказалъ!

Спохватилась старуха. «И въ самомъ дѣлѣ, говоритъ: ахъ плутъ-разбойникъ, вѣдь и то онъ обманулъ меня: хотѣлъ тотчасъ же назадъ принесть, анъ ужъ вечеръ, а его нѣтъ какъ нѣтъ!.. Сейчасъ же пойду, отыщу его, да еще командиру пожалуюсь!

— А какъ ты его узнаешь?»—говорятъ домашніе.

« Узнаю, тотчасъ узнаю: у меня вѣрная примѣта есть!

Поплелась старуха на Яшку жаловаться, пришла къ офицеру.

— Батюшка, командиръ милостивый! солдатъ твоего полка у меня обманомъ цѣлый холстъ выманилъ; прикажи мнѣ у него назадъ взять!

« Какой же солдатъ, старушка?— знаешь ли ты имя его?

— Нѣтъ, кормилецъ, имени не знаю.

« Какъ же я его тебѣ отыщу?..

— Я узнаю его по примѣтѣ, только прикажи мнѣ осмотрѣть ихъ всѣхъ.

« Изволь, бабушка: если узнаешь, я его не помилую.

Добрый офицеръ сдѣлалъ старухѣ удовольствіе: вывели всѣхъ солдатъ, поставили въ рядъ, и Яшка тутъ же, какъ правый,—бравѣе всѣхъ въ строю стоитъ.

— Который же? спрашиваетъ офицеръ.

« А вотъ сейчасъ осмотрю, родимый.

Обошла старушка солдатъ спереди, не можетъ узнать; а какъ поглядѣла сзади, — такъ и ударилась выть голосомъ:

— Ахъ ты, батюшка мой! ахъ родной кормилецъ ты мой!.. да они у тебя всѣ таковскіе: у нихъ у всѣхъ сзади-то полы поразрѣзаны!

Такъ старушка повыла-поплакала, а не нашла виноватаго.

Объясняетъ старухѣ, какъ страшно бываетъ на сраженіяхъ.

Яшка на другой день опять за проказы. Забѣжалъ въ третью избу: опять, кромѣ старухи, нѣтъ никого.

Яшкѣ опять это на-руку.

« Ну, что, бабушка-старушка, поздорову-ль живешь?—гдѣ твои молодые-то?

— Да всѣ въ полѣ: на работу пошли.

« Эко дѣло!. А что, скоро оттоль они воротятся?

— И нѣтъ, родимый, развѣ къ вечеру.

« Эхъ досадно, хотѣлось бы съ ними повидѣться видно, подождать придетъ!.

Давай пока, бабушка, надосугѣ покаля...
каемъ... Ну что, какъ у васъ въ дерев-
нѣ: каковъ бурмистръ, староста? каковы
оброки? хороши ли хлѣба уродилися?..

Старуха радехонька поговорить: раз-
сказываетъ, да расписываетъ. А Янка
вертится на одномъ мѣстѣ туда и сюда:
поглядываетъ и по стѣнамъ, и подъ лавка-
ми,—нѣтъ ли чего на его руку лишняго.
Однако ничего не видать: все попрятано.

Старуха, пересказавши все, давай и
сама распрашивать.

— Отчего это, батюшка, васъ такъ
много? откуда вы беретеся,—неужто все
изъ некрутовъ?

« Нѣтъ, бабушка,—гдѣ бы изъ рекру-
товъ столько набрать... А вотъ какъ мы
выйдемъ на походъ, въ поле чистое, то у
насъ солдатъ солдата изъ глины лѣпитъ.

— Поди-ты какія чудеса!.. За-то вѣдь,
родимый, чаю васъ и на войнѣ-то мно-
го переводятъ?

« Ну, гдѣ-жь много!.. Вѣдь у насъ штыки траненые, тесаки точеные, ружья заряженыя.... такъ на каждаго солдата давай по пяти на брата, — духомъ не попахнетъ.

— Ну, а какъ пулями-то начнутъ палить, такъ не бойсь и валятъ на-повалъ?

« И, нѣтъ, бабушка, — пулямъ по насъ и попадать некуда: если въ лобъ, такъ отскакиваютъ, а въ ротъ, — такъ мы ихъ, вотъ, какъ бы примѣрно голушки твои....

Подскочилъ Яшка къ шестку, схватилъ уголовникъ, вскрылъ горшокъ, — а тамъ и точно голушки нашлись, какъ Яшка смекнулъ, — «вотъ мы ихъ такъ смотри: разъ, два, три, четыре...

И началъ Яшка оплетать у старушки голушки. — Та только на него смотритъ, да руками размахиваетъ; — да ужь нѣсколько спустя спохватилася: «батюшка служивый, хоть ребятишкамъ оставь! »

Яшка остановился. — «Это я, говоритъ, вѣдь такъ, къ примѣру поёть; а то оно тамъ гораздо скорѣе идетъ. »

— А чай, батюшка, куда страшно на войнѣ? — прибавила старуха, не смотря на то, что солдатъ ея голушки поѣлъ.

« Есть тотъ грѣхъ, бабушка, шуму да страху много бываетъ... Вотъ, пожалуй я покажу примѣръ... Ты сидишь вотъ здѣсь, — непріятель ты, и поддаться не хочешь, — вотъ я прямо штурмомъ на батарею! »... Съ этимъ словомъ Яшка прямо вскочилъ на печь, увидавъ, что тамъ шубка какая-то съ полатей свѣсилась... « А ты » — продолжалъ онъ, « и ну въ меня изъ пушекъ жарить... вотъ такъ! вотъ этакъ!.. »

При этихъ словахъ началъ Яшка пускать горшками съ печи. Старуха перепугалася, кричитъ, что есть мочи, — а Яшка ни слушать, ни знать не хочетъ ничего, — бросаетъ все на полъ, что ему на печи въ руки попадетъ.

Старуха присѣла подъ лавку, ну молитву творить, ну приговаривать: «убей Богъ солдата утиши войну!»

Яшка покидалъ все съ печи, ухватилъ шубку старухиной невѣстки, опоясался ею,—а самъ продолжаетъ про сраженіе разсказывать «Ты, говоритъ, примѣрно, истратила всѣ выстрѣлы,—вотъ я и кинулся на тебя... а тебѣ дѣваться нѣкуда, ты скорѣе и тягу—вотъ такъ!..»

Распахнулъ Яшка дверь, выскочилъ въ сѣни и былъ таковъ; а старушка осталася безъ голушекъ и безъ шубки невѣсткиной; за-то съ съ трофеями, со знаками непріятельскаго пораженія: разбитыми горшками и корчагами, и съ полнымъ свѣденіемъ о томъ, какъ бываетъ страшно на сраженіяхъ.

6

Заставляетъ старуху его ублюки-
вать.

Дня два прошло,—опять Яшка гдѣ-то
избу со старухою выглядѣлъ, опять отъ
бездѣлья пустился на веселье: себя потѣ-
шить, товарищамъ новую штуку разска-
зать, ну да что тамъ придется по мы-
сли—и тому спуску не дать.

Входитъ въ избу;—какъ зналъ, такъ и
есть: старуха одна сидитъ, отъ скуки въ
окно глядитъ, да точаетъ суровыми нит-
ками какую-то ветошку полосатую.

Яшка вошелъ, на иконы помолился, ста-
рухѣ поклонился, и молвилъ ласковымъ
голосомъ: » Позволь, бабушка, отдохнуть у

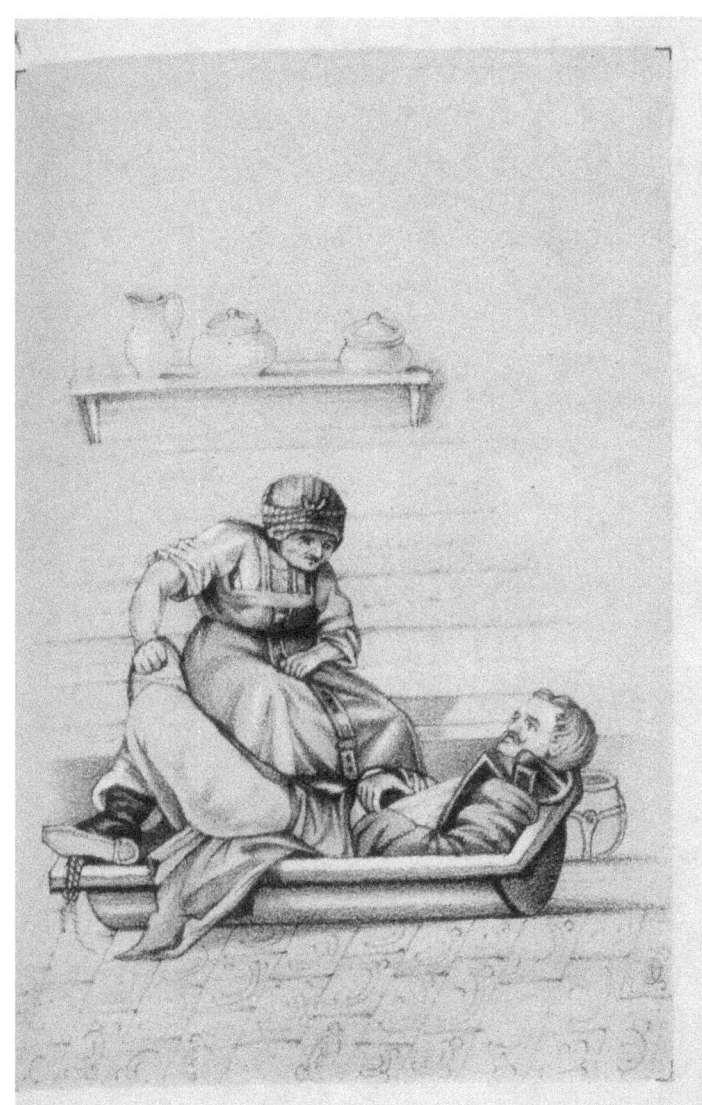

ПРОКАЗЫ.

тебя бѣгалъ, бѣгалъ по службѣ, —усталъ, что собачёнка угорѣлая; а прилечь, духъ перевести негдѣ: на улицѣ старшой увидитъ, хоть словомъ и не обидитъ, да жимолостной сухой палочкой начнетъ съ соннаго пыль стряхивать—вотъ и заставитъ опять подняться на ноги; а домой вернуться ради отдыха, такъ опять по дѣлу пошлютъ, не повѣрятъ, что крѣпко умаялся; такъ хоть ты, родимая, прiюти, на полчасика отдохнуть пусти!—

Старуха оробѣла-было, увидѣвъ солдата, да видя, что онъ такой ласковый-привѣтливый, пожалѣла его, и молвила:—«Что-жь, родимый-служивый, присядь, отдохни! »

— Вотъ спасибо, бабушка, золотая моя; дай тебѣ Богъ и на томъ свѣтѣ и на этомъ такой покой, что не имѣетъ и капралъ иной; чтобы ты только тѣшилась, да радовалась.

« Спасибо, кормилецъ, на добромъ словѣ. А издалека ли вы къ намъ пришли?

— Изъ далека, бабушка, далекаго... то
есть — если-бъ на вашу сельскую колоколь-
ню поставить еще три колокольни та-
кихъ, да оглядѣть кругомъ всю землю съ
нихъ, такъ и то не увидишь мѣста, от-
коль мы приножаловали. — Даль страшная!

« Такъ видно вы были и въ чужой
землѣ?

— Куда-те въ чужой, — и за чужую-то
землю уходили еще верстъ сотенъ съ
пять... да, пришлось-таки сапоговъ по-
топтать!

« А что тамот-ко, за чужой стороной,
народъ-то то же такой, что и у насъ, а ли
нѣтъ?

— Да какъ тебѣ сказать, — не со-
всѣмъ-то похожъ, хоть и руки и ноги
есть и голова то-жь, — больше все тамъ
арапы чернорылые, и красноносыхъ мно-
го, есть и чубарые, и молодые и старые.

« Ну, а что они, касатикъ, ничего до
васъ?.. говорятъ, вишь людоѣды есть ка-
кіе-то?

— Кто ихъ знаетъ: обѣдать съ ними не приходилось, и отъ начальства запрещено: — ѣдятъ вишь дрянь всякую: и собакъ, и кошекъ, и лягушекъ, и крысъ; ну, можетъ и своей братьей не брезгаютъ, — и чернорылыхъ ѣдятъ.

« А васъ-то они не трогали?

— Ну, до насъ пѣсня далека!.. насъ они уважали и боялися. — Какъ этакъ сердито взглянешь, да усъ погладишь, да рыкнешь « смирно! » — такъ они, что какіе ни, такъ на землю и валятся, и просятъ пощады, — такъ, что заберетъ на нихъ ужь смѣхъ, а не досада.

— А въ гости, въ избу-то свою, пускаютъ они?

« Еще-бы нѣтъ!... только ужь угощенія никакого не спрашивай... не то, бабушка, что у насъ на Руси: здѣсь самъ угощенья не проси, а коли въ гости придешь, наровятъ тебя, чѣмъ могутъ, попотчивать, и пословица вѣдь не даромъ идетъ: про гостя молъ — что есть въ

печи, все на столъ мечи!. Ужь такая зем-
ля здѣсь хлѣбосольная! Правда, теперь
оно въ иномъ мѣстѣ не такъ идетъ, да
не вездѣ спасибо, — ведутся еще люди
добрые.

И вздохнулъ Яшка тяжко, на печную
заслонку поглядывая.

— Да, батюшка-служивый, въ стари-
ну, точно, и у насъ велося такъ, а те-
перь не то: иной изъ скупости не попот-
чиваетъ, а иной и радъ бы хорошо при-
нять, да не изъ чего. — Въ старину не
то... Вотъ ужь на моей памяти, — гостя-
то, бывало, напоятъ-накормятъ, да и спать
уложатъ; а не то еще и баню изгото-
вятъ про него.

Да у насъ, бабушка, и теперь слу-
чается, — точно: и накормятъ и выпа-
рятъ... да все какъ будто ласковаго-то
привѣта нѣтъ.

— Что дѣлать, касатикъ, было время и
люди были не тѣ; эхъ, куда было лучше,
какъ запомню я!...

« Да, бабушка, было времячко, — ѣли
и мы сѣмячко; а теперь и мажутъ, да
не кажутъ, и толкутъ, да не даютъ—боль-
но скупо живутъ.

Яшка между тѣмъ глазами всю избу
освидѣтельствовалъ: видитъ, точно ничего
нѣтъ—ни сѣестнаго, ни питейнаго, ни
такого, изъ ненужнаго, чтобы подопло
подъ руку:—Э, подумалъ онъ: это про
меня слухи прошли—во всякой избѣ ста-
ли все крѣпко припрятывать.

Размышляя такъ, да продолжая каля-
кать про старину добрую, замѣтилъ Яш-
ка, что старуха на лавкѣ присѣла плот-
нѣй и все свою шубку одергиваетъ, что-
бы пошире лежала она.

Смекнулъ Яшка: подъ лавкой у стару-
хи что-то кроется, не мѣшало бы взгля-
нуть хоть издали… И началъ Яшка при-
думывать…

— Бабушка-голубушка, какъ бы это у
тебя хоть водицы напиться мнѣ: въ гор-

лѣ пересохло, что въ болотѣ лѣтней порой.... не оставь, родная, напои!

— Эхъ, вѣдь мнѣ встать-то нельзя, ноги болятъ. Да вонъ возьми, потрудись, самъ ковшичекъ, да тамъ, въ сѣнцахъ, въ ведрѣ, и зачерпни себѣ: вода знатная, свѣжая, — невѣстка только утресь принесла съ рѣки.

Взялъ Яшка ковшъ, зачерпнулъ воды, попилъ.... «Да, говоритъ: вода знатная!» А себѣ думаетъ: «не того-бы, молъ, хотѣлося.»

Старуха было опять съ вопросами, да съ распросами. Яшка отвѣчаетъ, мелетъ себѣ, а самъ новую затѣю придумываетъ.—И вдругъ говоритъ старухѣ:

— А что, бабушка, какъ бы это мнѣ прилечь, да соснуть канельку: всталъ бы какъ встрепаный и поплелся бы домой, тебя болѣе не тревожучи.

Старуха думаетъ: пусть, молъ, проснится, да уйдетъ домой скорѣй: а то вѣдь смиренъ-смиренъ, да все-жъ сол-

дать,—пожалуй такой, по котораго во
всемъ околодкѣ говорятъ, что отъ него
ничему нѣтъ ухорону; а вѣдь нодо мной,
подъ лавкою, двѣ крынки стоятъ со сме-
таною,—ну какъ догадается!.... И гово-
ритъ служивому: «А пожалуй, приляг,
на лавочкѣ, сосни-себѣ.»

— Да какъ же, бабушка ты моя ро-
димая, вотъ вѣдь дѣло-то въ чемъ: мнѣ
нужно въ четверть часа такъ выспаться,
какъ бы я цѣлую ночь проспалъ.... вѣдь
на лавкѣ просто лежа этого не сдѣлаешь.

«Гдѣ же тебѣ ложиться надобно?...

— Ложиться-то хоть и на лавкѣ все
равно, да только чтобы на скорую-то
руку выспаться, то есть въ четверть ча-
са часовъ за восемь,—такъ тутъ нужно
дѣльцо одно: надо, чтобы соннаго пока-
чивали—вотъ и будетъ толкъ!

«Какъ такъ, покачивали?

— Да, почитай, какъ ребенка малаго.
Видишь ли, бабушка,—это секретъ нѣ-
мецкій, и Французъ его выдумалъ: если,

5*

видишь, хорошенько залечь, да попросить кого себя поколыхивать, да припѣвать что-нибудь протяжное.... такъ тутъ человѣкъ, на каждую минуту чуть не часъ во снѣ коротаетъ!—У насъ и въ полку это теперь введено, и всѣ дѣлаютъ такъ, кому надо наскоро выспаться.

« Вотъ какія чудеса; я про это и не слыхивала.

— Эхъ, бабушка-голубушка! сидя дома въ избѣ, гдѣ все узнать тебѣ; а вотъ какъ походишь по свѣту, помаешься, такъ до всего допытаешься; будь же добра, покачай меня.

— Какъ же я тебя покачаю!.... говорю, что встать не могу—ноги болятъ; да и на чемъ же я буду качать тебя!

— Да это мы-бъ живо уладили: я видѣлъ въ сѣняхъ корыто большое,—можно взять?

Старухѣ стало и любопытно и диковинно. «Пожалуй, говоритъ, возьми: что же ты съ нимъ сдѣлаешь?

— Вотъ увидишь, благо корыта не
жалко, — живо устрою качалку.

Приволокъ Яшка изъ сѣней корыто,
положилъ на полъ и устроилъ такъ, чтобы
оно качалося. Потомъ говоритъ: «ужь по-
зволь, бабушка навремя и этой вере-
вочкой попользоваться, вѣдь си ничего
не сдѣлается!» И съ этими словами ми-
гомъ снялъ Яшка веревку, что была отъ
полатей во всю избу протянута, и на-
чалъ ее къ одному концу корыта припу-
тывать.

Старуха сидитъ, молчитъ, только ди-
вуясь глядитъ на работу солдата, да на
проворство его.

— Вотъ теперь и совсѣмъ, бабушка!
молвилъ Яшка покончивши — вотъ я за-
лягу сюда, а ты, не сходя съ мѣста,
легонько за веревку-то и подергивай:
корыто-то, понимаешь, и станетъ пока-
чиваться.... сначала меня, минутъ этакъ
въ пять, разморитъ; а тамъ, въ другія пять
минутъ, ударитъ въ глубокій сонъ; а въ

остальныя пять минутъ уже начистую отсыпаться начну,—такъ и выйдетъ всего ровно пятьнадцать минутъ, что по нашему значитъ четверть часа.... Поняла, эли нѣтъ?

« Поняла кажется.... ну ладно, ложись себѣ: погляжу, что будетъ изъ этого..... Съ роду не слыхивала и не привидывала, чтобы человѣкъ на скорую руку могъ выспаться.

Яшка больше не раздабарывалъ: отдалъ въ руки старухѣ веревки конецъ, а самъ въ корыто залегъ; хоть его немного тамъ и скоробило, однако онъ говорилъ, что больно-ладно ему, лучше, чѣмъ на сѣнѣ, аль на перинѣ какой. Да, ложась, еще-таки старуху упрашивалъ: «А ты, если умѣешь, бабушка, то какъ-нибудь меня и побаюкивай, золотая моя!»

Лежитъ служивый въ корытѣ. Старуха потягиваетъ за веревку. Корыто покачивается.

Яшка принялся сначала тихонько, потомъ пошибче сопѣть. Старуха, чтобы поскорѣй усыпить его, какъ онъ говорилъ, крѣпкимъ сномъ, принялася, качая его, припѣвать пѣсенку баюкальную, какую съумѣла сама на этотъ случай выдумать....

«Бай, бай солдатъ,
Бай, военный человѣкъ!
    Баю баюшки баю,
    Баю баиньки!...

Ты на службѣ бывалъ,
Много нужды видалъ!
    Баюшки баю,
    Баю баиньки!»...

И такъ далѣе одно и то-жь.

И, какъ сильно подъ этотъ привѣвъ ударило въ сонъ Яшку нашего!.., и сопитъ, и храпитъ,—и что-то уже бредить началъ; просто уснулъ замертво.

Старуха качаетъ Яшку, а сама придумываетъ: не дурно, молъ, пока онъ спитъ такъ крѣпко, крынки-то со сметаной въ дальнiй чуланъ отнести: а не то какъ бы служивый до нихъ не добрался: больно затѣущъ, да проворенъ онъ!...

Встала легохонько, — Яшка все хранитъ; взяла одну изъ крынокъ, обѣ то не ухватишь вѣдь, и понесла въ сѣни, а потомъ въ чуланъ.

Пока тамъ старуха возилася, да за другой крынкой воротилася, — глядь! — анъ сплыло, что было, да и мѣсто простыло: нѣтъ ни крынки со сметаной, ни служиваго! стоитъ на полу пустое корыто, да валяется ветошка ея полосатая, а крынка да служивый точно провалилися.

Осмотрѣла всѣ углы въ избѣ, и на печь, и на полати и подъ печку заглядывала, и окликала ласковымъ голосомъ: «Выдь, голубчикъ служивый, — куда тебѣ сметаны крынку цѣлую: погоди, я наложу на тарелочку!» но нѣтъ никого въ избѣ, никто не откликается.

Насилу, насилу уже старуха разобрала, поняла — что плутъ Яшка улизнулъ въ окно и съ крынкою.

Когда Яшка шелъ скорымъ маршемъ, какъ будто за дѣломъ, по улицѣ, держа подъ полою крынку сметаны стянутую, — попался какой-то мужичекъ-простачекъ и спрашиваетъ:

— А на что это ты, кавалеръ, въ окошко лѣзъ, — развѣ нѣтъ воротъ та-мот-ко?

« Служивому гдѣ ходъ, тамъ и до-рога! — отвѣчалъ Яшка сердито ему. — Если я въ окошко лѣзъ, — значитъ такъ хотѣлось или мнѣ, или хозяину; а ты не суйся съ вопросомъ, гдѣ тебя не спраши-ваютъ. Повернулся Яшка къ нему за-домъ—и былъ таковъ.

7.

ШАПКУ ПРОДАВЦА-ОФЕНИ ДѢЛАЕТЪ
ШАПКОЙ НЕВИДИМКОЮ.

Не все Яшка управлялся съ одними
старухами: случалось у него много при-
ключеній и съ другими прочими. Напри-
мѣръ....

Идетъ Яшка селомъ, и поглядываетъ
кругомъ: нѣтъ ли надъ чѣмъ потѣшиться.
Только видитъ, вдали, мужичекъ-офеня
(вотъ что ѣздятъ по селамъ съ книжками,
да съ коврижками, да съ разными жи-
тейскими потребами) — съ цыганкой раз-
дабарываетъ, и на возъ не глядитъ.
Яшка было прямо къ возу, да офеня, —

вѣдь смышленый народъ, — увидалъ и спрашиваетъ:

— Что, кавалеръ, чего тебѣ? носочковъ, рукавичковъ, али варищекъ?»

— Нѣтъ, — молвилъ Янка; — у меня сапоги скороходы не любятъ носковъ, а руки самохваты не жалуютъ ни рукавицъ, ни варищекъ: въ нихъ неловко артикулъ выкидывать; а нѣтъ ли у тебя чего этакъ получше, мнѣ бы по рукѣ?

« Ну да что-жь тебѣ.... бритвы не надобятся-ль? — Знатныя нѣмецкія есть, не хуже тульскихъ хваленыхъ.

— Вотъ-те догадываетъ! — да куда мнѣ бритвы? — это боярамъ въ пору; а служиваго и шило брѣетъ, слыхалъ ли ты?

Межъ тѣмъ Янка все на возу разглядываетъ: что бы такое поскладнѣе упрятать въ карманъ, а неловко: на возу все въ порядкѣ лежитъ.

— Слыхалъ, молвилъ торговецъ въ отвѣтъ, да не вѣрится.

— Мало-ль чего не вѣрится! не всего же чего мы не видимъ, будто и на свѣтѣ нѣтъ. И не такія бываютъ диковинки!

« А что, кавалеръ? говорятъ, вишь какой-то приворотный корень есть?... Я таки у старухи-цыганки спрашивалъ, и она говоритъ, что есть даже и у ней, только теперь не при ней, а пожалуй принесу, говоритъ.... Правда ли, что бываютъ корешки этакіе?... ай вретъ?

Яшка радъ, что торговецъ съ нимъ такой разговоръ завелъ. Пожалъ плечами, покачалъ головой и захохоталъ надъ торговцемъ что силы есть.

— Ахъ, ты простая голова, нестриженая!... такъ ты и вѣришь цыганамъ? Да цыганъ, аль цыганка, не хуже, чѣмъ жидъ, обмануть наровитъ; —цыганъ тебѣ, въ потемкахъ, помело за кобылу продастъ: будетъ все будто хвостомъ показывать... да; —а гдѣ-жь другое что у него за настоящее купить!... А ты лучше объ этихъ дѣлахъ у солдата спроси: нашъ братъ

солдатъ, на своемъ вѣку, повыходилъ всю
поднебесную, такъ и знаетъ всю подно-
готную; онъ не только тебѣ сможетъ
приворотный корешокъ достать, а до-
будетъ и выворотный.... то есть просто
кажется залѣзетъ въ душу—да ее оттуда
такъ наружу и вытащитъ!—хоть бы при-
мѣрно на такой манеръ....

Запустилъ Яшка руку въ возъ, да что
на днѣ было, къ верху и вытащилъ.

Торговецъ закричалъ на него:—«Тише,
служба! ты языкомъ говорить говори, а
рукамъ воли не давай, не мни товаръ,—
мнѣ вѣдь его надо лицемъ продать.

—Ничего, ничего!... это я вѣдь къ
слову такъ дѣломъ повернулъ: солдатская,
знаешь, привычка,—рука къ ружью прі-
обыкла, такъ вотъ и хочетъ, чтобы все
живо шевелилось, да ворочалось!... А на
счетъ корешка, я тебѣ все-таки скажу,
что любой служивый изъ насъ его въ ру-
кахъ не держалъ.... Чего хмуришься?...
не вѣришь, борода курчавая?... Да хо-

чешь ли на дѣлѣ, покажу свою удаль мо-
лодецкую?... Подай-ко свою шапку сюда,
покажь-ко!... Да небойсь, не возьму себѣ:
на кой мнѣ роженъ она: киверъ у меня
новый есть, а фуражку свою я и на пять
шапокъ не промѣняю этакихъ.

Какъ ни разсердился офеня-продавецъ,
что служивый у него товаръ перерылъ,
а любопытно ему было посмотрѣть на
штуку солдатскую. Снялъ шапку, подалъ
ему, и смотритъ, какую онъ штуку съ
нею сдѣлаетъ.

Яшка повертѣлъ въ рукахъ шапку и
спрашиваетъ: — «не худа ли она?

— Вотъ-те разъ!... аи не видишь, еще
новенькая!

« То-то, новенькая... у васъ, торгов-
цевъ, есть обычай выдавать старое за
новое!... Ну, смотри-жь: хочешь, твоя
шапка вороной обернется да къ верху
взлетитъ, или зайцемъ станетъ да въ лѣсъ
убѣжитъ?... хочешь ли?

— Нѣтъ, зачѣмъ же это? мнѣ шапка надобна.

«Экой скупяга какой, — жалѣешь шапки для штуки такой!... Да за такое дѣло бояре въ городѣ и тулупъ сошьютъ!

— Мы и не бояре, а воронъ, да зайцевъ видывали: такъ за это дать и шапки жаль.

— Ахъ, дуй те горой, да смышленый ты какой!... Ну инъ ладно: уважу дружка, выну сережку изъ ушка, подѣлюсь съ молодцемъ чѣмъ Богъ послалъ!... Хочешь ли, твоя шапка будетъ шапкой невидимкою?... то есть не пропадетъ изъ глазъ, будетъ у тебя на головѣ торчать, — а только станетъ шапкой невидимкою?...

Торговецъ и про это слыхалъ, а тоже не вѣровалъ, что такія шапки вправду водятся; поддался соблазну, захотѣлъ понытать.

— А ну, говоритъ, сдѣлай, служивый, какъ это?

— Изволь, братъ, уважу; подойди-ко ко мнѣ!

5

Подошелъ офеня, а Яшка надви-
нулъ ему шапку по самыя плечи, по-
крѣпче, и спрашиваетъ: «Что? видишь-ли
что?

А самъ, въ одну секунду, хвать съ
воза, что поукладистѣе, да и сунулъ въ
карманъ, что тамъ ни попалось ему —
вѣдь не купленое, не разсматривать
стать.

— Пусти, служба! — кричитъ офеня
изъ-подъ шапки выдираючись: — ни зги
не видать.

— А! вотъ то-то и есть! Вотъ ви-
дишь, шапка твоя и стала теперь шапкою
невидимкою.

Торговецъ-офеня высвободился изъ-подъ
шапки, да и смотритъ на возъ, догады-
ваясь, что лукавый служивый стащилъ
что-нибудь, а признать нельзя: товаръ
перерытъ, кто его знаетъ, взято, нѣтъ
ли что.

Яшка, замѣтивъ это, къ торговцу при-
стаетъ «Что же, давай хоть гривну за

штуку мою; я не даромъ съ тобою маялся! »

— Да, велика штука; я и самъ такихъ сто надѣлаю!

« Ну такъ песъ тебя бери, коли такъ, если хлопоты попустому шли: я не подъячій, породы собачей, не стану бросаться, да лаяться....

Отвернулся, да и прочь пошелъ.

А офеня-продавецъ рылся-рылся, насилу добился, что у него одной пачки нѣтъ, гдѣ дюжина очковъ была завернута.

Качнулъ головой, да махнулъ рукой.— «Ай-да, служба, говоритъ, протеръ мнѣ глаза, слизнулъ очки! Дѣлать нечего, самъ виноватъ: проглазѣлъ, проглядѣлъ на колдовскомъ представленіи, пусто его!

А Яшка живо, гдѣ надобно смѣнялъ очки на пятачки,—хоть и мѣдные, да побрякиваютъ.

————

8.

Изъ зубца бороны себѣ похлебку варитъ.

Разъ, дѣло было праздничное, Яшка, дѣйствительно голодный, забѣжалъ утромъ въ избу къ мужичку зажиточному, думая тамъ завтракъ застать, анъ ошибся получасомъ: уже отзавтракали На столѣ стоятъ пустыя чашки съ ложками, хлѣба, правда, коврига есть, да Яшка было не такъ разсчитывалъ: ему мерещилось и щецъ схлебнуть, и кашки поѣсть, сколько бы на его долю пришлось.

— Богъ въ помощь, люди добрые! сказалъ Яшка, вошедши въ избу, и, смекнувъ, что завтракъ покончился, по-

тирая руки оглядывалъ: не стоитъ ли
гдѣ на лавкѣ горшечка съ чѣмъ съѣст-
нымъ; но семья была не малая—отъ за-
втрака ничего не осталось. Печка, пра-
вда, топится, тамъ вода кипитъ, хозяйка
новую страшню затѣваетъ, къ обѣду го-
товится. Ну, а до обѣда далеко еще!

Впрочемъ люди добрые отозвались на
привѣтъ словомъ: «добро пожаловать!»—
Яшка подумалъ себѣ: «Эхъ, ка-бы не за-
поздалъ!.... здѣсь, какъ видно, покор-
мили бы.

— А извините, пожалуйста, на словѣ
правдивомъ, сказалъ Яшка: я вѣдь при-
шелъ было къ вамъ: «хлѣбъ—соль!» ска-
зать, да вижу, довелось запоздать!... А
вѣдь всталъ до-свѣту, порыскалъ по-свѣ-
ту, и самъ, свѣтикъ-касатикъ, что соба-
ченка, умаялся.

« Да, служивый, жалко, что запоздалъ,
мы только позавтракали, извини! ото-
звался старшой изъ семьи.—Мы вѣдь,
признаться, на дѣло изподволь, а по

съѣстной части работники знатные: все прiѣли, что старуха настряпала…. Не хочешь ли хлѣбушка, да кажется въ жбанѣ есть и квасъ: покушай на-здоровье, да не осуди насъ!»

Яшка подсѣлъ, взялъ ломоть хлѣба… а щей ему крѣпко хочется: запахъ отъ поконченнаго завтрака около носу носится. Откусилъ Яшка хлѣба: «Экой знатный!» говоритъ; а самъ все-таки чего полакомѣе норовитъ.

— Никакъ у васъ еще печь топится?

«Да, хоть позавтракали, а обѣдать все-таки будетъ надобно.

— Хмъ! конечно такъ…. А нѣтъ ли у васъ бороны съ зубцами желѣзными?

«Есть; на что тебѣ?

— А вотъ, если бы ты, дядюшка, одолжилъ мнѣ одинъ зубецъ на подержанiе, — я бы изъ него себѣ тутъ же похлебку сварилъ

«Какъ? изъ зубца-то желѣзнаго?

— Да, что-жь тебѣ мудренымъ кажется?... Какъ мы въ походѣ, въ турецкой землѣ были, такъ изъ камушковъ нѣмецкой супъ варили, изъ отпилочковъ французскіе сухари сушили.... И то была ѣда—туда и сюда; а зубецъ бороны— эта штука будетъ полакомѣе!

« Поди, Иванъ, » сказалъ улыбаясь старшій семьянинъ своему работнику: « вынь зубецъ изъ бороны: посмотримъ, какъ служивый сваритъ себѣ изъ него кушанье »

И всѣ, кто въ избѣ ни былъ, съ любопытствомъ уставились на служиваго, не понимая шутку ли онъ творитъ, или правду говоритъ.

Принесъ Иванъ желѣзный зубецъ изъ бороны и положилъ передъ Яшкою.

— Ну, говоритъ Яшка, обращаясь къ старухѣ, будь и ты также добра, тетушка: одолжи мнѣ небольшаго горшечка-махоточки, да и водицы дать не пожалѣй

«Изволь, служивый! говоритъ раду̀шно старуха. Дала ему горшокъ и воды въ ковшъ налила, и глядитъ съ любопытствомъ, что будетъ изъ этого.

Яшка обмылъ старательно желѣзный зубецъ, положилъ его въ горшокъ, налилъ воды. «Ну, говоритъ, уже и соли одолжите—извѣстно, что безъ этого никакое кушанье не стряпается!»

Дали Яшкѣ соли: всыпалъ онъ ее сколько ему было надобно.

— Теперь поставить, говоритъ, въ печку, пусть покипитъ.

Поставила старуха горшокъ съ желѣзнымъ зубцомъ да водою соленою; вскипѣла она.

Вынулъ Яшка опять горшокъ, помѣшалъ въ немъ ложкой, разсматриваетъ, точно пробуетъ, разварился-ль зубецъ его. «Эхъ, говоритъ, теперь бы хорошо сюда немножко мучки да маслица, такъ, для вкусу-бъ пустить.

— Дай ему мучки да маслица, говоритъ старшiй семьянинъ, и самъ то же прилѣжно смотритъ на Яшкино стряпанье.

Размѣшалъ Яшка муку съ масломъ на тарелочкѣ, и положилъ въ горшокъ.... «Эхъ, теперь бы еще одного хоть чуть-чуть прикинуть сюда, вотъ бы дѣло и кончено, — да совѣстно безпокоить васъ.

— Чего-жь еще?

«Да такъ бы небольшой шматочикъ мясца какого-нибудь, свининки или говядинки, для запаху. Вышла бы штука знатная!

Старшiй семьянинъ разсмѣялся.

— Ну, старуха, говоритъ онъ, такъ и быть, отрѣжь служивому кусочекъ говядины.

Въ иной разъ старуха бы заартачилась; а здѣсь дѣло вышло такое любопытное, что и отказать нельзя.

Пошла старуха въ чуланъ за говядиной; а Яшка за ней....

— Постойте-жь, говоритъ, я травки-зеленцы пойду поциплю, чтобы похлебкѣ цвѣту придать.

Вышелъ со старухою, помочь ей отрѣзать себѣ говядинки, — и порядочно помогъ: такой кусъ отхватилъ, что старуха хоть бы и напопятную, не смотря на то, что дѣло любопытное.

«Теперь, говоритъ, тетушка, одолжи своего ножичка: я травки нарѣжу себѣ.

Взялъ Яшка ножикъ, шмыгнулъ на огородъ, который еще при входѣ на дворъ выглядѣлъ; срѣзалъ небольшой кочанъ капусты, искромсалъ его на скорую руку, и говядину изрѣзалъ, да съ капустой смѣшалъ, и воротился въ избу.

А тамъ сидятъ еще всѣ около горшка, да смѣясь толкуютъ о томъ, какъ это солдатъ изъ зубца бороны похлебку сваритъ.

Яшка живо втюрилъ капусту съ говядиной въ тотъ же горшокъ, гдѣ желѣзный зубецъ лежалъ, долилъ еще водой его, и проситъ умильно: «Поставь же это все поближе къ жару, тетушка!»

Самъ отъ неча-дѣлать,—пока горшокъ прокипитъ хорошенько, да уварится все какъ слѣдуетъ,—принялся со старшимъ семьяниномъ, какъ говорится, бобы разводить, толковать о разныхъ разностяхъ. Извѣстное дѣло, что Яшка на это собаку съѣлъ, — такія началъ разсказывать исторіи, такую околесную занесъ, что слушатели не видали какъ почитай цѣлый часъ прошел.

Яшка перервалъ свой разсказъ на нѣсколько времени.

— А что-жъ, говоритъ, затолковался я, и о своей похлебкѣ забылъ, изъ зубца желѣзнаго; какъ бы не перепрѣла она.

Вынулъ Яшка изъ печи горшокъ, видитъ, что хорошо уварилося. «Ну, говоритъ: пускай поостынетъ пока.»

А самъ опять принялся продолжать разсказы свои.

Поостыло кушанье. Попросилъ Яшка деревянной чашки, и вывалилъ все изъ горшка въ нее; взялъ хлѣба и, перекрестясь, началъ уписывать, лишь за ушами пищитъ.

Правда, похлебка, или настоящія щи ужъ теперь, была у него состряпана инымъ чередомъ: чтобы надо прежде, онъ послѣ клалъ; ну да какъ все перемѣшалось, да уварилося, такъ и вышло почти одно и то-жь.

Смотратъ, что Яшка пока еще живъ, хлебаетъ, да ѣстъ капусту съ говядиной, и ждутъ, что-то будетъ, какъ онъ доберется до зубца желѣзнаго: неужели и его будетъ глодать?

Яшка недолго возился со своею похлебкою, поѣлъ все дочиста, только желѣзный зубецъ бороны остался одинъ.

Яшка взялъ, обтеръ его столешникомъ, и положилъ на столъ.

— Что-жь теперь зубецъ-то?» спрашиваютъ его.

—А что? ничего!—Яшка въ отвѣтъ.—
Онъ не испортился, ржавчины нѣтъ;
вставишь въ борону, такъ и опять, также
станетъ землю разгребать.

«Ну, служивый, такая-то твоя по-
хлебка?» сказалъ захохотавши старшій
семьянинъ «Этакую-то мы и сами сва-
римъ.

—Оно, пожалуй и такъ, говоритъ Яшка:
твоя похлебка пожалуй и вкуснѣе будетъ,
да не такъ иной разсудитъ: не въ томъ
сила, что въ моей похлебкѣ былъ желѣз-
ный зубецъ,—а что ее стряпалъ солдатъ
молодецъ: въ твоей-то похлебкѣ будетъ
приправа одна, а въ моей то, съ при-
правой и смышленость видна... Благода-
рю тебя, дядюшка, за хозяйскую привѣтли-
вость; а себѣ, позволь сказать спасибо,
за солдатскую смѣтливость.

Отдалъ Яшка хозяину и его семьѣ по-
клонъ,—и вышелъ вонъ.

———

9.

Мѣну дѣлаетъ выгодную.

Чаще случались у Яшки съ жидками разныя приключенія.

Вечеркомъ, — не разъ и это бывало, — волочетъ къ шинкарю-жидку мѣшокъ съ кладью.

Тотъ увидитъ, выскочитъ къ нему, и спрашиваетъ шопотомъ:

— Цто, слузывый, это?... хапаное (*)?

« Да, барана стащилъ. Давай поскорѣй двѣ кварты горѣлки, да не задерживай; я тебѣ и съ мѣшкомъ, пожалуй, отдамъ.

_____

(*) Краденое.

— Фиська! — закричитъ жидъ женѣ, —
давай господину слузывому горѣлки! —
а самъ такъ и прыгаетъ, что дешево по-
купка пришлась.

Яшка возьметъ двѣ кварты вина, пере-
дастъ шинкарю мѣшокъ изъ рукъ въ ру-
ки; — самъ и помииай какъ звали.

Жидъ вытряхнетъ дома покупку.

— Ай гвальдъ! ай вей-миръ! — Вмѣсто
барана мертвый несъ запрятанъ въ мѣ-
шкѣ.

10.

Жиду за скупость отплачиваетъ.

Разъ онъ и такую продѣлку сдѣлалъ съ евреемъ-корчмаремъ.

Стоялъ у того жидка на квартирѣ ротный командиръ; а Яшка въ тѣ поры у него на разсылкахъ былъ, и исполнялъ разныя приказанія.

Досаждалъ жидъ Яшкѣ много разъ: не давалъ ни горѣлки даромъ, и ничего, что бы Яшка ни попросилъ у него.

Сидитъ разъ жидъ-корчмарь съ женою и съ дѣтьми въ своей каморѣ, обѣдаетъ.

Яшка вошелъ къ нему.

—Что же, честный еврей, дашь горѣлки?

« А' гроши дашь?

— Ну, за мною будетъ: разживусь — лишнее дамъ.

« Нѣтъ, я узъ васъ знаю, господинъ слузывый, вы никогда не плоцыте.

—Говорятъ отдамъ.

« Нѣтъ, я узъ вамъ не вѣрю теперь.

— Такъ, жидъ, не даешь?

« Узъ сказалъ не дамъ, цево пристаесъ?

— Такъ вотъ же тебѣ!... сказалъ Яшка.

И плюнулъ жиду въ семейную чашку съ приправою, которую они только хотѣли ѣсть, и ушелъ...

Жидъ взбѣсился; побѣжалъ жаловаться командиру на Яшку.

Въ это время были у командира гости и садились за столъ кушать. Прибѣжалъ жидъ внѣ-себя, прямо къ столу, и прямо обратился къ хозяину.

— А сцосъ, Васэ Высокородіе, — это хоросо будетъ ли: когда я вамъ въ цаску плевать буду, а вы и васы гости кусать будете... А? это вамъ будетъ хоросо?

— Ахъ ты жидовская харя! — вскричалъ вспыльчивый командиръ — что ты это выдумалъ?... я тебѣ дамъ, мошеннику, такія штуки затѣвать... Яшка! возьми-ко его, да поучи по военному!...

Какъ ни кричалъ бѣдный корчмарь, что не онъ самъ это выдумалъ, а Яшка, но его не послушали, и Яшка знатно выдралъ его; выучилъ уму-разуму, показалъ, какъ ногами артикулъ выкидывать.— Да еще послѣ съ него-же таки горѣлки сорвалъ, за то, что не больно потчивалъ.

11.

Открываетъ жиду секретъ, какъ деньги копить.

Приходитъ разъ Яшка къ одному жиду, страшному скрягѣ-скареду.

—Здравствуй, честный еврей! —

«Сдраствуйте, господинъ слузывый, что нузно вамъ?

—Мнѣ ничего не нужно; а вотъ не хочешь ли у меня секретъ купить, какъ деньги копить?

«А цто это *зекретъ*? хананое?

— Какое хапаное, своего мастерства; въ отвѣтѣ не будешь, купи не бойсь!

«А ну, показте, какой такой.

—Чего показать, его надо на словахъ
разсказать; а на дѣлѣ сдѣлать самъ по-
трудись... Вотъ, во-первыхъ, ради при-
мѣра, дай мнѣ рубль серебромъ, такъ я
тебѣ такую штуку скажу, которая тебѣ
будетъ милѣе ста рублей.

«Взаправду-ль такъ?

—Ко-ли не вѣришь, побожусь изволь...
да чего тебѣ лучше: если ты самъ не ска-
жешь, что это милѣе тебѣ ста рублей,
то я и денегъ твоихъ не возьму.

« А ну, ну, сказыте скорѣй!

—Давай впередъ за мой секретъ, вѣдь
даромъ мнѣ что-жь за охота тебѣ раз-
сказывать.

« Вы много хоцете, господинъ слузы-
вый, пять гросей дамъ.

—Вишь ты, больно ловокъ, скряга ка-
кой!—давай хоть два злота покрайности;
а не то къ другому еврею пойду, по мнѣ
все равно.

« Ну, ну, говорите, говорите — узъ
такъ и быть, одинъ злотъ есть у меня...

ей-зе-ей послѣдній; нате, возмите, ска-
зыте-зъ скорѣй.

—Экой ты скуняга, погляжу;—ну ужь
только для тебя развѣ, изволь, скажу...
давай злотъ.

Вынулъ жидъ пяти-алтынный; одною
рукой отдаетъ Яшкѣ, а другою держитъ
его за полу.

« Ну, сказыте, цто-зе мнѣ милѣе ста
рублей?

—Двѣсти рублей тебѣ милѣе ста?

« Ну цто-зъ? двѣсти милѣе ста...

—Такъ пусти-жь: вишь, я не обма-
нулъ, сказалъ что тебѣ милѣе ста руб-
лей.

« Э! нѣтъ, господинъ слузывый, разбѣ
только и есть?... это я и самъ знаю, за
сто-зъ вы взяли мой злотъ, подайте на-
задъ.

—Коли самъ знаешь, на что-жь меня
спрашивалъ... Да, ну, ну, не шуми; по-
годи, я тебѣ, ужь такъ и быть, открою

настоящій секретъ; вишь вѣдь ты какая
выжига, однимъ не довольствуешься..
смотри сюда!... Вотъ какъ деньги добы-
вать, гляди, — да только послѣ самъ ни-
кого не учи, не отбивай хлѣбъ отъ ме-
ня!... Видишь, когда тебѣ деньги пона-
добятся, то ты сдѣлай какъ я научу:
вишь—вотъ у меня пустой кошелекъ?...
вотъ я положу въ него твой злотъ, и вы-
вѣшу за окно; видишь? теперь гляди да-
лѣе...

Спустилъ Яшка ни бичевкѣ кошель за
окно, мотаетъ имъ тамъ, да приговари-
ваетъ:—«бездна бездну призываетъ! безд-
на бездну призываетъ!» потомъ вытащилъ
опять кошелекъ, обернулъ его на руку,
къ верху дномъ, — да и свой злотъ,
приготовленный во время мотанья, изъ
рукава вытряхнулъ.

—Ну, теперь, говоритъ жиду, видишь?
два ихъ стало! если опять опущу, да бу-
ду то же приговаривать, опять будетъ
два изъ одного, — и такимъ манеромъ

сколько захочу, столько и натаскаю се-
бѣ. —

Жидъ смотритъ на кошель въ раздумьи:
мудрено ему это кажется.

— Что-жъ ты, нехристь, не вѣришь?
вѣдь разсмотрѣлъ на дѣлѣ все! — закри-
чалъ на него Яшка. — Вотъ какъ самъ
невѣрный, то ничему и вѣры нейметъ!...

Хлопнулъ Яшка дверью и былъ та-
ковъ.

Жидъ, оставшись одинъ, оглядѣлся кру-
гомъ; подумалъ, подумалъ, принялся про-
бовать: навязалъ кошель на веревку, по-
ложилъ въ него карбованецъ, то есть
рубль серебряный, опустилъ въ окно, и
давай его качать, да приговаривать:
«бездна бездну призываетъ! бездна безд-
ну призываетъ!»

Яшка, за угломъ стоя, только и ждалъ
того: подскочилъ, отрѣзалъ бичевку — и
драла домой.

Жидъ въ окно кричитъ; а Яшка будто
не слышитъ, улепетываетъ.

Выскочилъ жидъ изъ избы, кинулся за Яшкой въ-догонку и прибѣжалъ въ избу, гдѣ Яшка жилъ. Тотъ ужъ раздѣться успѣлъ, снялъ рубашку и повѣсилъ ее на полати, будто просушивать; а самъ сидитъ-себѣ — въ чемъ мать родила.

Еврей заоралъ, какъ на шабашѣ: — «Что это, господинъ слузывый, — хоросэе-ль дѣло цесныхъ евреевъ обманывать? отдайте сей-цасъ мой злотъ и карбованецъ!» —

Яшка уставился на жида, точно въ первый разъ видитъ его.

— Что ты орёшь, еретикъ некрещеный? какія я у тебя бралъ злоты, да карбованцы?... Я и денегъ такихъ никогда въ глаза не привидывалъ, и тебя знать не знаю, и вѣдать не вѣдаю: въ первый разъ вижу тебя отъ роду. Чего ты пристаешь?

« А когда такъ, сказалъ еврей, пойдемте къ командиру!

— Пожалуй, пойдемъ; да мнѣ выйти не въ чемъ: у меня, вишь, всего одна рубашка, да и ту я, ловя рыбу сегодня, всю вымочилъ: въ ней я не смѣю показаться къ начальству... да и сапоговъ у меня крѣпкихъ нѣтъ; въ чемъ я пойду?

«Коли за тѣмъ стало, я все принесу, прибавилъ еврей, только пойдемте къ командиру!... пусть онъ вамъ растолкуетъ, какъ цесныхъ людей обманывать!

Сбѣгалъ еврей опять домой, принесъ Яшкѣ сапоги и рубашку. Яшка не упрямился: одѣлся и пошелъ съ жидомъ на судбище.

Пришли. Командиръ дома.

— Что надобно?

«Да вотъ, такъ и такъ, говоритъ еврей: вашъ служивый у меня изъ окна стянулъ кошелекъ съ карбованцемъ! —

Яшка молчитъ. Жидъ продолжаетъ:

«Онъ меня научилъ вывѣсить кошелекъ за окно, мотать имъ, да приговаривать: «бездна бездну призываеть!» так, говорилъ, деньги вдвое накопятся, да еще злотъ взялъ за эту выучку, такой обманщикъ, — чтобъ его отцу и матери на томъ свѣтѣ попездоровилось! —

Яшка все молчитъ.

— Что-жь ты молчишь?—спрашиваетъ командиръ, —слышишь, что про тебя жидъ говоритъ?

— Да что ему вѣрить, Ваше Благородіе, этотъ жидъ видно помѣшанный!... Сами посудите, ну можно ли такимъ манеромъ деньги добывать? и на что мнѣ взять его жидовскій кошель: что нужно, я въ свой ранецъ кладу... да, къ тому же я этого жида вижу въ первый разъ отъ роду, и никакого дѣла съ нимъ не имѣлъ. Присталъ онъ ко мнѣ, что слѣпой къ тѣсту: «пойдемъ, къ командиру, пойдемъ!» я отказаться не могъ; а не знаю, зачѣмъ отъ меня привелъ къ вашей милости; онъ, пожалуй, можетъ и мое своимъ назвать, да съ меня требовать....

пожалуй скажетъ, что я его и сапоги
ношу?....

« А какъ-за, какъ-за, господинъ слу-
зывый, сапоги мои: я вамъ ихъ далъ.

— Вотъ, изволите видѣть.... пожалуй
скажетъ, что и рубашка его на мнѣ....

« Какъ-за, и рубаску я вамъ свою
принесъ.... она-зъ моя, моя собственная.

— Ну вотъ, изволите слышать, Ваше
Благородіе?...

Командиръ или не тѣмъ занятъ былъ,
или скучно ему стало выслушивать, или
дѣло показалось такое безтолковое, что
не разберешь ничего,—пугнулъ жида, что
онъ его попусту безпокоить пришелъ,—
и выгналъ вонъ.

— Что? — говоритъ Яшка жиду, отъ
командира вышедши, — что, лучше сдѣ-
лалъ, что жаловаться пошелъ?... Чего-же
ты, дура-голова, сердишься на меня?....
развѣ я не показалъ тебѣ на дѣлѣ, какъ
можно деньги добыть? — Поди, сдѣлай

съ своимъ братомъ евреемъ то же, что я съ тобой, такъ и вернешь уронъ, и ты себѣ добудешь денегъ еще больше моего можетъ быть.

Жидъ началъ ругать Яшку на чемъ свѣтъ стоитъ; а тотъ только на это приговариваетъ: — «Ну, обижай, обижай, Богъ съ тобой! Я вѣдь отъ этого плакать не стану, я не маленькій!»

12.

Заманивая корыстью, не даетъ покоя жиду.

Много время прошло. Одинъ изъ офицеровъ отправился въ домовый отпускъ, и взялъ съ собою Яшку вмѣсто слуги, выпросивъ у полковаго командира деньщикомъ себѣ.

Офицеръ былъ богатъ и щедръ; Яшка ему понравился за его расторопность и услужливость. Далъ ему офицеръ денегъ, чтобы расплачиваться съ жидками дорогою, чтобы самому не смотрѣть на ихъ плутни, какія они безпрестанно дѣлаютъ съ постояльцами.

Яшка почти каждый разъ дѣлалъ про-
казы на станціяхъ, заставляя хохотать
своего начальника.

Придется имъ ночевать въ корчмѣ.
Офицеръ ляжетъ спать въ особой комна-
тѣ, а Яшка въ общей, гдѣ всѣ обыкно-
венно спятъ.

Вотъ и позоветъ корчмаря Яшка съ ве-
чера, за постой раздѣлаться. Сначала
еще съ нимъ разговоръ заведетъ.

— А что, еврей, все ли хорошо у те-
бя, спать можно ли? нѣтъ ли клоповъ,
или таракановъ? смотри, не то съ каж-
даго таракана по гривнѣ вычту за по-
стоялое.

« О нѣтъ зэ, господинъ слузывый,—
у меня все цисто, опрятно, не извольте
безпокоиться....

— То-то, смотри: мы люди дорожные,
такъ покой намъ дороже всего; надо,
чтобъ хоть на мѣстѣ поправились, если
въ дорогѣ умаялись.

« А далеко-зъ вы были съ паномъ своимъ?

— Да изъѣздили почитай всю землю нѣмецкую.

« А! и понѣмецки говорите вы?...

— Еще бы нѣтъ!

« Такъ *спрехенъ зи деицъ?* спросилъ жидъ улыбаяся.

— Вотъ по-жидовски не знаю.

« А это-зъ не по-еврейски, и не-по-жыдовски, какъ зовете вы: это по-нѣмец-ки и есь.

— Врешь; по-нѣмецки не такъ: *шпансъ трынкенъ,* вотъ это по-нѣмецкому.

« Да это-зъ совсѣмъ не то, цто я говорю.

— Какъ не то? это дѣло настоящее... Ну да что съ тобой много толковать; давай что ли горѣлки еще, да за постой разсчитаемся.

Высыпитъ на столъ всѣ деньги—сере-бро и золото—и начнетъ передъ жидомъ руками перебирать.

У жидка такъ глаза и разбѣгаются, такъ бы онъ деньги и съѣлъ, кажись; а Яшка томитъ-томитъ его,—послѣ соберетъ всѣ деньги опять въ кошель, и зѣвнувъ во весь ротъ, скажетъ: «Ну, завтра разсчитаемся, теперь спать пора!

Самъ повѣситъ кошель на стѣну, на деревянный колышекъ, гдѣ постояльцы обыкновенно шапки и кафтаны вѣшаютъ, и ляжетъ на лавку къ другой стѣнѣ.

Не пройдетъ пяти минутъ, Яшка храпитъ на всю избу; а корчмарь-еврей только того и дожидается: начнетъ красться на цыпочкахъ къ тому мѣсту, гдѣ кошель виситъ.

Яшка храпитъ, будто ничего не слышитъ; а у самого кошель давно припрятанъ подъ-головы.

Ходитъ-ходитъ жидъ въ потьмахъ, щупаетъ, щупаетъ—нѣтъ кошеля!

Придетъ въ свою спальню, что за печкой придѣлана: «Хайка! дуй огонь!»

Вздуетъ еврейка огонь, жидъ освѣтитъ издали комнату, гдѣ Яшка спитъ, глянетъ на стѣну—виситъ кошель: что за притча такая!... Считаетъ еврей: на которомъ колышкѣ: «еинсъ, цвай, драй.... точно на третьемъ. «Хайка! туши огонь!» Потушатъ огонь, опять еврей крадется въ потьмахъ, щупаетъ колышки: еинсъ, цвай, драй! нѣтъ кошеля! съ другой стороны зайдетъ, опять еинсъ: цвай, драй, нѣтъ кошеля. Опять идетъ жидъ къ женѣ: «Хайка! давай огонь!» освѣтитъ издали комнату, опять виситъ кошель; опять считаетъ: еинсъ, цвай, драй, фиръ! на четвертемъ колышкѣ. «Хайка! туши огонь! и опять пойдетъ плутать въ потемкахъ, и опять нѣтъ кошеля. Бьется этакъ жидъ цѣлую ночь: ни самъ не ляжетъ, ни женѣ покоя не дастъ, только и дѣла что: то дуй, то туши огонь.

А Яшка хранитъ-себѣ будто ничего не чуетъ этого.

Поутру спрашиваетъ корчмарь офицера:

— А цто, Васэ Благородіе, ци всегда возмете вы съ собой вашего слузываго?

« Да, я его всегда съ собой беру.

— А отцего-зъ другова брать не изволите?

— Хочу, чтобы этотъ понатарѣлъ, да понаучился въ дорогѣ кое-чему.

« Ну узъ, Васэ Благородіе, ему никакой науки не надобно: онъ узъ у васъ такій завзятый, только поискать есце!... Вамъ даи Боже счастливый путь, а узъ ему не знаю поззлать цего....

— Что-жь такъ?

« А онъ-зэ всю ноць и самъ не спалъ, и мнѣ съ зеною спать не давалъ.

Яшка объяснилъ это надосугѣ своему начальнику, и тотъ отъ души смѣялся надъ жидомъ.

—

Тутъ сему дѣлу окончаніе: дальше о проказахъ Яшки въ службѣ извѣстіе затеряно. Если сыщетея, то, буде угодно, напишется.

ЯШКА ВЫХОДИТЪ ВЪ ОТСТАВКУ И ОТПРАВЛЯЕТСЯ НА РОДИНУ.

Сколько веревку ни вить, а концу ей быть; все на свѣтѣ переходитъ, изнашивается.... На что, къ примѣру, прочнѣе, какъ новая ложка кленовая; а и та—объ горшокъ обтирается, зубами обгрызается, объ кашу марается, и линяетъ какъ обмывается;—да такъ терпитъ, терпитъ, да и сломается, и бросятъ ее въ яму помойную.... И мы люди-человѣки грѣшные, и наше тѣло ветшаетъ то—жь!... Ну да я вѣдь это ни къ чему такому говорю, а но Яшкѣ—солдатѣ поминки творю....

Остался онъ живъ, да изжилась его жизнь. Прошло время, устарѣлъ и Яшка нашъ.... оно—бъ ничего: каждому старость дѣло необходимое, да вѣдь подъ старость, на радость, надо припасти что-нибудь себѣ: иной, кто больше смекаетъ, денегъ припасаетъ; иной достаетъ отъ младшихъ почетъ; иной выроститъ дѣтокъ на подпору себѣ и живетъ въ своей избѣ на-покоѣ, припѣваючи; иной хоть и безродный-безпріютный, безсемейный-безденежный,—такъ и тотъ, если между людьми честно жилъ, самъ обидъ не творилъ, отъ обидчиковъ отходилъ, пути никому не переходилъ; на пиръ не напрашивался, отъ пиру не отказывался,—такъ и тотъ порою проводитъ утѣшно старость свою, со старинными друзьями-пріятелями.... Ну, а что сказать про такого, какъ Яшка нашъ былъ? ... Да, вымолвишь: изжилъ, молъ, вѣкъ за холщевый мѣхъ!

Покончилась для Яшки служба царская, время урочное; пора въ отставку выходить... А куда Яшкѣ идти?... На родину пойдешь, а что тамъ найдешь?....

Не сожалѣнье, да оплакиванье, а плохую славу оставилъ по себѣ Яшка на родинѣ: нѣтъ тамъ у него ни друга, ни товарища добраго, а родные, пожалуй, примутъ еще и хуже чужихъ..... Кого чѣмъ взыщешь, и себѣ то—жъ сыщешь, говоритъ пословица.

Однако дѣлать нечего: покончилъ Яшка службу; въ дорогу снарядился, съ товарищами распростился, и поплелся повѣся голову, куда глаза глядятъ.... И никто-то его словомъ задушевнымъ не напутствовалъ.

И раздумался Яшка нашъ, идя путемъ-дорогою, о своемъ прошломъ житье-бытьѣ: что онъ былъ, Яшка, и что сталъ теперь, да и о томъ больше, — чѣмъ бы онъ, Яшка, могъ быть, если бы съ молодыхъ лѣтъ проказамъ не предался, да иначе-бъ жить принялся?... былъ бы дѣльнымъ парнемъ-мальчикомъ, сталъ бы, глядишь, дѣльнымъ прикащикомъ; а тамъ могло случиться—сдѣлался-бъ и на-

6**

стоящимъ дѣльцомъ — зажиточнымъ чест-
нымъ купцомъ; — и его бы стали не Яш-
кой звать, а величали бы честно: Яковъ
Яковлевичъ!... И все это поистинѣ мог-
ло быть такъ,—лишь узнай онъ въ жиз-
ни настоящій смакъ!... А теперь вотъ и
службу покончилъ, а что выслужилъ?...
у инаго за службу и нашивка есть, у
другаго медаль не одна, а третій и на-
граду зашибъ себѣ честнымъ житьемъ;
а Яшка и въ службѣ-то нерѣдко отъ дѣ-
ла лынялъ,—такъ ничѣмъ вотъ и сталъ!...

Но, говорить слово про волка, молвить
слово и за волка, — кто былъ больше тутъ
виноватъ! — самъ ли Яшка, его-ль стар-
шіе, иль ужъ такая *звѣзда-планида*,
подъ которою родился онъ —это кажется,
какъ ему, такъ и многимъ темно, невѣ-
домо; а къ чести Яшки сказать, — ни-
кого онъ не винилъ, кромѣ самого себя:
видѣлъ, что самъ кругомъ виноватъ во
всемъ.... Размягчилось сердце Яшкино,
зашевелилось раскаяніе, всплакнулъ сер-
дяга горько—и вскорѣ почуялъ, что ста-

ло легче ему, встрепенулся онъ что пти-
ца изъ сѣти выпутавшаяся; перекрестил-
ся, махнулъ рукой,—и уже не пошелъ куда
глаза глядятъ, а прямо на родину отправил-
ся, примолвивъ: «ну, что будетъ, то бу-
детъ, а повидаю еще разъ мѣста родимыя;
буде застану кого старшихъ въ живыхъ,
попрошу у нихъ прощенія; авось надъ
старикомъ сжалятся, — повинную голову
и мечь не сѣчетъ, пословица идетъ, —
авось дадутъ какую-нибудь работишку;
доживу я бѣдно, но честно свой вѣкъ!...

Доброе дѣло задумалъ Яшка,—добромъ
оно и покончилось.

И такъ пошелъ нашъ Яшка на родину;
но какъ путь его былъ дальный, а у
Яшки мошна пустехонька, — плохо было
ему. Иной разъ, гдѣ попроситъ, да-
дутъ, а иной разъ, пожалуй, и такъ пой-
дешь.—Ну, что дѣлать—Яшка, случалось
порой, въ дорогѣ старину вспоминалъ:
кое-какія штуки и проказы дѣлывалъ, но
только на словахъ; чужимъ добромъ пи-

какимъ не пользовался, а развѣ что изъ за потѣхи дадутъ; хоть и были случаи, возможность поживиться чѣмъ, однако Яшка уже упорно одной правой мысли придерживался: кайся, да опять за то-жь не принимайся, — не то опять, подъ бѣсову дудку придется плясать.

———

Послѣдняя проказа въ дорогѣ Яш-
кина. Онъ разсказываетъ, какъ три
года скитался волкомъ-оборотнемъ.

Однажды случилась съ Яшкой въ до-
рогѣ такая штука негодная: оголодалъ
онъ, да и время было холодное; а на-
родъ въ деревнѣ, гдѣ онъ проходилъ,
видно не больно жалостливъ былъ... По-
стучался Яшка избъ у пяти, вездѣ от-
казъ: мѣсто занято; ну и придумалъ какъ
нибудь выручиться. Выбралъ избу, кото-
рая была на видъ всѣхъ поболѣе, да и
горѣло тамъ посвѣтлѣй и было пошум-
нѣй; подошелъ смѣло и постучалъ въ
окно.

— Кто тутъ?

« Можно ль пустить на постой?

— На постой — тѣсно; да ты кто та той?

« Не бойтесь, не воръ-воробей, а только служивый, солдатъ-ворожей!

Въ избѣ все на минуту утихнуло. Заслышались переговоры: « Что-жь? пустить, ай нѣтъ?

— Пусти, пусти, бабушка! — защебетали голоса дѣвичьи.—Что-жь, служивый обиды не сдѣлаетъ; пусть поворожитъ, а мы посмѣемся себѣ.—

« Ну, подумалъ Яшка, вслушавшись,— пришло и ворожить, коли нечего въ ротъ положить. »

Черезъ нѣсколько времени отсунули щеколду у воротъ, высунулось нѣсколько головъ, видятъ, — стоитъ служивый старикъ, съ котомкой за плечами, да съ посошкомъ, что ходятъ пѣшкомъ люди престарѣлые.

— Ну, говорятъ, войди, дѣдушка! —

И Яшка на это: «Спасибо, дѣтушки!» и вошелъ въ избу, а тамъ — посидѣлки, что ли—пиръ у красныхъ дѣвицъ; штукъ ихъ съ десятокъ въ избѣ, и съ ними старушка-бабушка сидитъ ленъ прядетъ, да на печи старикъ съ сѣдой бородой ворочается.

Какъ вошелъ Яшка въ избу, поглядѣли на него попристальнѣй, и видятъ, что онъ ужъ служба поношеная, ну такъ и не робко имъ: пусть-молъ и ворожей, да видно плохонькій; нечего бояться его.

—

Да, въ старые годы не то,—не таковъ бы Яшка показался краснымъ дѣвицамъ... а теперь, что станешь дѣлать, — заѣла дьяка грамота!

—

Живо дѣвицы бойкія, то одна, то другая къ Яшкѣ съ вопросами:

— А что, служивый, отколѣ идешь? Далеко-ль путь держишь?.. Ты чай и горѣлочку пьешь?

« Да, говоритъ Яшка, ужь себя не удержишь, кто къ чему привыкъ; лгать я не пріобыкъ, говорю правду истинную.

— А скажешь ли намъ по правдѣ, о чемъ спросимъ у тебя? отозвалась одна побойчѣе другихъ.

« Какъ не сказать, особенно такой красной дѣвицѣ.

— А ну, скажи что-нибудь.

« Да что-жь сказать?... Вотъ первая правда та: чего нибудь мнѣ перехватить съѣстнаго хочется, а вторая та, что и выпить не мѣшало бы съ холоду.... Вотъ тебѣ, красная дѣвица, правда искренняя.

Расхохотались дѣвки мои. « И то, говорятъ, что-жь мы служиваго-то не попотчиваемъ?...

И кинулись къ нему кто съ чаркой водки, кто съ кускомъ пирога, кто съ лакомствомъ, кто такъ смотритъ ласково.

— Экой у васъ рай! говоритъ Яшка выпивши, да оплетая пирогъ съ начинкою.—Ну, не чаялъ попасть на такой веселый пиръ дѣвичій!

Покормивши Яшку, да не забывши не-разъ еще и водочкой попотчивать, принялись дѣвицы его распрашивать, разныя небылицы отъ него вывѣдывать.

— А что, дѣдушка, ты точно ворожей?..

Поразогрѣлась душа у Яшки, оттаялъ сердечный ледъ отъ привѣта теплаго.

« Эхъ, вы, мои красавицы!... Да кому-жь кромѣ нашего брата солдата и знать ворожбу истово?... Мы въ походахъ бывали, нехристей разныхъ видали, а ужъ извѣстно, у этого люда и нечисть вся!... такъ хоть радъ иль не радъ, а ворожеей отмѣннымъ сдѣлаешься.

— Такъ поворожишь намъ что-нибудь.

« Извольте, извольте!... настоящее скажу, только спросите, о чемъ вамъ знать хочется.

— Да ты, родимый, отозвалась старуха, сидя на донцѣ своемъ ты имъ лишняго-то ничего не говори, такого недобраго, что-бы тутъ нечистая сила не была замѣшана; мы люди крещеные, у насъ все съ благодатью дѣлается.

« И, бабушка! пусто ее, силу нечистую! Я самъ крестъ на шеѣ ношу, такъ стало быть съ печистью не братаюся.... Мы такъ-себѣ, поворожимъ что нибудь безгрѣшное....

И пошелъ, и началъ Яшка тарабарить съ дѣвицами.... И загадываетъ имъ и отгадываетъ, и отвѣчаетъ на вопросы разные, вотъ хоть, для примѣру, такъ:

— А что, дѣдушка, спрашиваетъ одна, у меня будетъ мужъ какой?

Янка посмотрѣлъ на нее, видитъ: дѣвка бойкая, бѣдовая; красивая вертунья, для парней о сю пору колдунья: видно, что многихъ привораживаетъ.

« Мужъ у тебя, мое золото, говоритъ Янка, будетъ боецъ-молодецъ; ловкій краснобай и великій пѣсенникъ! Будетъ любить тебя, какъ сладкую ягодку малину, перемѣшанную немного съ калиною,— а не промѣняетъ ни на кого!

— Какъ же это такъ?

« А вотъ какъ замужъ выйдешь, сама и увидишь, и полюбишь его болѣе всего.

— А у меня какой будетъ мужъ? спросила другая, дѣвка здоровая, съ бѣлобрысой косой, съ глазами оловяннаго цвѣта, на-выкатѣ.

« А у тебя, красавица, мужъ будетъ инаго характеру: рослый собой, тучный такой,— что отъ него будетъ паръ валить. И будетъ онъ тебя крѣпко любить

и лелѣять, — и другихъ будетъ любить,
все-жь тебя жалѣя .. Парень будетъ такой
дѣловой, — что порою, отъ дѣла и на ночь
не загонишь домой.

— А у меня какой будетъ, дѣдушка?
спросила тихонько одна дѣвица простень-
кая — собой нельзя сказать, чтобы очень
хорошенькая, а ничего, не дурна: изъ
десятка не выкинешь, — и спросила-то,
какъ будто ей чего стыдно, и глядитъ
такъ миловидно.

Яшка нида и самъ загляделся на нее.

— У тебя, дѣвица красная... Эхъ-ма!
выбралъ бы тебѣ хорошаго служиваго,
нашего брата съ усами, да съ медалями...
да то бѣда: не всѣ то они женитьбу тол-
комъ вѣдаютъ: товарищество, знаешь,
такое, что только въ хмѣльномъ видѣ о
бабьѣ рѣчь ведетъ... Нѣтъ, тебѣ вотъ
какой женишокъ: — малый не больно уда-
лый, да и не податливый... про любовь тебѣ
лишь скажетъ, а другимъ того не пока-
жетъ: съ-глазу-на-глазъ будетъ цѣло-

вать миловать, а при другихъ не станетъ
такъ баловать. Да и ты, красавица моя,
нечего сказать, — подойдешь-таки и сама
подъ эту стать! »

Такъ-то Яшка каждой красной дѣвицѣ-
собесѣдницѣ насулилъ всякаго добра съ
три короба: и богатства, и счастія, и су-
женыхъ-ряженыхъ такихъ, какіе только
имъ были по сердцу; и всѣхъ, послѣ
еще, водою съ уголька вспрыснулъ, чтобы
не сглазили... А уголь-то какъ въ воду
пустилъ — такъ онъ такъ зашипѣлъ голо-
сно, что инда старуха не вытерпѣла,
перекрестилася.

Ну, съ дѣвицами Яшка покончилъ. Тѣ
рады-радехоньки, что имъ служивый-во-
рожей обѣщалъ каждой такое, чего онѣ
и во снѣ не привидывали; а если можетъ
и видѣли, такъ старшимъ себя не сказы-
вали.

Сѣли дѣвицы орѣхи грызть, да зани-
маться своими разными разговорами, не

позабывъ еще нашего Яшку-ворожею уго-
стить. — А тутъ и старуха не утерпѣла;
встала съ донца, убрала его къ мѣсту,
и гребень, и веретено, и прочее, — и
подсѣла къ служивому потолковать кое-
что; а тамъ даже слѣзъ съ печи и ста-
рикъ съ сѣдою бородой, вслушавшись,
что Яшка началъ старухѣ разсказывать;
а тамъ и дѣвушки всѣ замолкли, да ста-
ли около стариковъ да Яшки, въ кружокъ,
слушая внимательно Яшкинъ любопытный
разсказъ.

А вотъ что Яшка, выпивши, разсказы-
валъ ...

Сначала спросила его старуха, изъ лю-
бопытства, такъ, по-старушечьи: — А
что, батюшка-служивый, много вотъ ты
служилъ, дослужился до старости, разную
ворожбу знаешь, другимъ совѣтомъ по-
могаешь... отчего-жь, извини на правди-
вомъ словѣ, — отчего ты такой обтерхан-
ный?... вонъ у тебя и мундеръ-то весь

порвался, и въ сумочкѣ-то видно только
тряпье, да сапоги поношеные... ничего-то
у тебя свѣжаго... и волосъ-то на головѣ
гдѣ вылѣзъ, гдѣ сѣдъ, и зубовъ-то
половины нѣтъ. — Изъ чего же слу-
жа-то ты бился, до чего же ты до-
служился?

Кольнула старуха этими словами такъ
нашего Яшку служиваго, — что легче-бъ
ему, если-бъ врагъ, на войнѣ, штыками
пятью вдругъ до его реберъ дощупался...
Яшка въ одно время и крякнулъ и вздо-
хнулъ при такомъ вопросѣ мозолистомъ. —
Въ жаръ старика нашего бросило.

— Эхъ! бабушка-касатушка!... не тебѣ
судить про солдатушку!... Служба наша
честна и праведна, — плоха она тому, кто
оплошенъ самъ; — мы наживаемъ себѣ
мѣсто теплое тамъ, гдѣ ничто ни день-
ги, ни почести; гдѣ не крушатъ чело-
вѣка ни горе, ни забота, ни другіе ли-
хія болѣсти... Да впрочемъ объ этомъ
что толковать; про себя я могу разска-

зать, нараспашку душу выкажу, если тебѣ знать обо мнѣ хочется. Ты вотъ говоришь, отъ чего мундиръ мой такой обтёрханный?.. а знаешь ли ты, что три года тому назадъ, этотъ же мундиръ былъ такъ новъ и чистъ — что каждая пылинка отъ него на вершокъ отскакивала, не смѣя сѣсть; а пуговицы горѣли такъ, что глазамъ на нихъ было больно смотрѣть даже за версту.

« За три года мало ли что, — продолжала старуха: — вѣдь вамъ, чаю, каждый годъ по обновѣ шьютъ, такъ тѣ-то гдѣ-жь?

— Да я въ послѣдніе то три года никакой обновы и во снѣ не видалъ; эти-то три года меня и доняли: и посѣдѣлъ я, и зубы потерялъ—все сталось со мною въ эти три года некошные.... Ты, бабушка, слыхала ли, что такое оборотень?...

— Какъ не слыхать, кормилецъ, чего на вѣку не переслушаешь. Да къ чему-жь эта рѣчь твоя?

« А къ тому эта рѣчь,—сказалъ Яшка понизивъ голосъ нѣсколько:—вышедши изъ службы-то молодецъ-молодцомъ, я по нечаянному случаю, по оплошности своей, попался въ странный просакъ.... цѣлые три года былъ волкомъ-оборотнемъ,—вотъ отъ-того и обносился такъ!

Старуха принялась креститься,, да молитву творить; а сама все-таки разспрашиваетъ.

« Какъ же это, голубчикъ-служивый, по какой оплошности? разскажи, буде не въ обиду тебѣ.

— Что за обида: было обидно какъ волкомъ былъ, а теперь, слава тебѣ, Господи, опять человѣкъ-солдатъ, какъ слѣдуетъ, такъ ужъ не обидитъ никто... Ну, а какъ это случилось со мной, я пожалуй все разскажу тебѣ.... было горько, да прошло, такъ сносно пересказывать. Вотъ со мною какой случай былъ.

Тутъ-то, вслушавшись въ рѣчь Яшки, всѣ и обступили его; а Яшка началъ разсказывать про свое мудреное небывалое похожденіе.

«Когда я покончилъ службу, взялъ отставной листъ, награду тамъ, и что мнѣ отъ начальства слѣдовало,—пошелъ такимъ удальцомъ добрымъ-молодцомъ, что красныя дѣвушки мало того заглядывались, а просто вереницей такъ и бѣжали за мной.... Ну да дѣло не до этого, а вотъ главное-то въ чемъ: прошелъ я не больше дней съ пять по дорогѣ, куда мнѣ слѣдовало; останавливался все въ такихъ мѣстахъ, гдѣ бы было поѣсть повкуснѣй, провесть время веселѣй, выспаться получше; да выбиралъ еще, чтобы и компанія была приличная: къ мужику простому, неряхѣ, бывало и въ избу не загляну, а подай все такое, чтобы гдѣ, примѣрно, староста, али соцкой живетъ, да чтобы и тутъ были люди разумные для бесѣды, ну тэмъ и дѣвушки

красныя для веселья ... все это я, нече-
го, крѣнко любилъ; денегъ не жалѣлъ,
сорилъ! Что деньга? деньга дѣло нажив-
ное!... здоровье, да веселый духъ, вотъ
этого и за деньгу не купишь, хоть будь
она разсеребряная. Вотъ какъ такъ-то
я пожилъ роскошно, да потѣшаючись,
видно за это Богъ и наказалъ меня.
Зашелъ я, на пути, въ какое-то село,
славное село, богатое... Иду, кругомъ
поглядываю, кручу свой усъ, да деньга-
ми этакъ побрякиваю; спрашиваю: «а гдѣ
молъ, тутъ живетъ староста?» Тутъ, отвѣ-
чаютъ мнѣ, старосты не живетъ, а глав-
ный управитель есть.... Ну, вотъ ба-
бушка, я къ главному управителю.... а
у него сватьба, веселье такое что на-
поди! Я, какъ вошелъ, такъ меня все
это и начальство тамъ, старшіе, и дѣву-
шки красныя такъ и обступили со всѣхъ
сторонъ,—рады нашему брату-солдату,
до кавалеровъ-то онѣ вѣдь охотницы.
Вотъ такъ-то я и залѣзъ на сватьбу, и
давай пировать; а тутъ еще и не сватъ-

ба, а только дѣвичникъ былъ, сирѣчь
вечеръ дѣвичій, сирѣчь завтра невѣсту
къ вѣнцу отпускать.... Ну, да что тебѣ
разсказывать, ты вѣдь эти порядки, чаю,
и сама хорошо вѣдаешь?

Старуха только махнула рукой, да кив-
нула головой, ни слова не промолвивши,
нетерпѣливо желая выслушать, какъ дѣ-
ло-то шло далѣе.

Яшка продолжалъ.

«Ну вотъ, какъ узналъ я, что это
дѣвичникъ идетъ, и спрашиваю: «а кто
у васъ будетъ главный въ поѣздѣ?
дружкой-то, молъ?»—Да говорятъ, дядя
невѣстинъ долженъ быть!—Я къ дядѣ это-
му, давай съ нимъ раздабарывать: вижу,
старикъ и умный, да вялый такой, гдѣ ему
быть дружкою. Э, думаю, дай я самъ
въ дружки, пойду!... И уговорилъ ста-
рика: уступи де-скать моей смышлено-
сти! Тотъ согласился, а прочіе всѣ и
подавно радехоньки; вотъ, молъ, праздникъ

будетъ у насъ: солдатъ-кавалеръ будетъ дружкою!

«Ну такъ и сталося. Собрался поѣздъ на другой день въ церковь, съ невѣстою, а мѣсто не близко: надо ѣхать верстъ за восемь.... хорошо, собрались, снарядились, сѣли и поѣхали.

«А тутъ, на селѣ, послѣ я узналъ, былъ старикъ-колдунъ, страшный злодѣй и грѣшникъ нераскаянный!.... Его-то они и обѣги, да и не пригласи къ себѣ на свадебный пиръ....вотъ и взбѣленился окаянный старикъ-колдунъ, и пригрозилъ: «постой же, я имъ кашу состряпаю!» Я этого ничего и не зналъ, и не слыхалъ, а не то гдѣ-бъ ему проклятому сдѣлать такую штуку шельмовскую, самого-бъ закабалилъ на вѣки вѣчные.... Но, видно, что за грѣхи сталось такъ, оплошалъ я сердечный!

«Вотъ выѣхали мы изъ села какъ слѣдуетъ: я впереди на сивой лошади, какъ

теперь помню.... Ѣдемъ часъ, другой....
пора бы и селу показаться издали, нѣтъ,
не видать ничего! Что за пропасть такая,
видимъ, заплуталися!... Я и не стерпѣлъ,
тутъ же, на пути, вмѣсто, чтобы молитву-
то сотворить, бабушка, грѣшнымъ сло-
вомъ и выбранился.... вдругъ, вотъ какъ
теперь гляжу, откуда явился и боръ и
лѣсъ—и покрыло насъ всѣхъ туманомъ
непроницаемымъ.... а все вѣдь это бѣсъ,
все дѣйствовала сила нечистая!.... Гляжу,
какъ всѣ ахнутъ въ поѣздѣ, не знаю,
что сталось съ лошадьми, а видѣлъ, что
съ людьми.... Всѣ въ одинъ мигъ оборо-
тилися волками и разбѣжалися въ разныя
стороны.

«Остался я одинъ; взглянулъ на себя—
и чудно, и страшно, и смѣхъ обуялъ....
вмѣсто сиваго жеребца, очутилася подо
мною кочка мохомъ поростшая, а вмѣсто
мундира моего красиваго поросла на мнѣ
шерсть сѣрая длинная.... хотѣлъ я вскрик-
нуть, да и завылъ такъ нескладно, нелѣпо,

что и самому стало совѣстно: ни почело-
вѣчьи, ни позвѣриному, а такъ, хуже по-
слѣдняго скота какого-нибудь! Подбѣжалъ
тутъ близко къ лужицѣ, посмотрѣлъ въ
воду на себя—такъ глаза и вынучилъ:
вмѣсто лица благообразнаго, да усовъ, кра-
сы воинской, сдѣлалось у меня рыло вол-
чье—простое, обыкновенное!...

«Вотъ тутъ-то и началось наказаніе за
грѣхи мои!...

«Кинулся я бѣжать.... а куда бѣжать?
побѣжалъ было къ деревнѣ, собаки за
мной стаями, мужики съ дубьемъ, бабы
съ граблями—насилу утекъ! Въ лѣсъ бро-
сился, напался на пару волковъ; снача-
ла ничего, только обнюхали, а тамъ,
шельма ихъ знаетъ, по чутью что-ли при-
знали, что я не изаправскій волкъ, какъ
зарычатъ проклятые, да бросятся, такъ
не будь я человѣкъ-солдатъ опытный,
разорвали бы по клочкамъ кажись, да та-
ки трепать и принялись: порвали мѣстами
шерсть на мнѣ, то есть платье-то верх-

нее; сробѣлъ было я, дѣлать нечего, да вдругъ нашелся: такъ ловко рявкнулъ по звѣриному, что почеловѣчьи почти вышло: «смирно! стой!» Волки, какъ видно, такого оклика не слыхивали, — опустили хвосты, да и драло въ лѣсъ.... Я и послѣ только вотъ этимъ окликомъ отъ прочихъ волковъ и отдѣлывался.

«И провелъ я такъ, бабушка, цѣлыхъ три года, можетъ еще и съ нѣсколькими недѣлями, не запомню теперь. Ну, то есть просто — бѣда была: ни съ людьми ужиться, ни къ волкамъ пріютиться, по пословицѣ: къ небу высоко, въ воду глубоко. пришло вертѣться, какъ некуда дѣться. Да, сталъ сирота сиротой.

«Вѣришь ли, бабушка-касатушка, истинно вѣдь былъ жизни не радъ: хочешь этакъ хоть самъ себѣ сказать что-нибудь дѣльное, въ утѣшеніе, да и завоешь на волчью стать. Нечего, дѣло оно конечно, прошлое, а штука скверная!...

«И знаешь ли, бабушка, отчего волчья-
то жизнь главное не нравилась? воли оно
много, бояться нечего.... да какъ вспо-
мнишь, что хорошимъ человѣкомъ, да
въ почетѣ былъ, а теперь негоднымъ
волкомъ сдѣлался, то такая тоска обуя-
етъ, что ударишься о земь, да и заво-
ешь такъ звонко-злобно-жалостно, что са-
мому себя страшно становится. Да, луч-
ше ужъ никогда хорошаго не знать и не
видать, нежели изъ хорошаго житья-
бытья перейти въ житье поганое!...»

И вздохнулъ Янка тяжело и искрен-
но, примѣняя къ послѣдней рѣчи жизнь
свою; а слушавшіе его вполовину поду-
мали, что онъ и вправду вздохнулъ отъ
того, что нѣкогда дѣйствительно волкомъ
былъ.

— Ну какъ же ты, батюшка, человѣ-
комъ-то сталъ опять? спросила погодя
нѣсколько старуха служиваго.

7*

« А ужъ это видно такъ, опять таки по Божьему произволенію!... Будучи волкомъ-то и отыскивая себѣ, чтобы поѣсть да гдѣ бы успокоиться, чтобы и другіе волки меня не видали, ни люди бы не примѣтили, иду я этакъ пролѣскомъ подъ-вечеръ, и вижу идетъ такой же какъ я волкъ, тихій, смирный такой, идетъ опустя хвостъ, повѣся голову.... Встрѣтились мы съ нимъ близко, поглядѣлъ онъ на меня этакъ поволчьи, но ласково; повилялъ хвостомъ, то есть пригласилъ за собой идти....

« Ты вѣдь не была волкомъ, бабушка, такъ не поймешь, тебѣ растолковать надобно;—ну я вижу хвостомъ волкъ виляетъ, значитъ съ собой зоветъ.... въ первый разъ вижу такое приглашеніе; пошелъ изъ любопытства за нимъ. Онъ отошелъ этакъ шаговъ на восемьдесятъ къ преглубокому рву, вдругъ перескочилъ чрезъ него разъ, два и три взадъ и впередъ, и упалъ на землю какъ будто отъ

устали ... И тутъ, отдохнувъ какъ бы,
проговорилъ мнѣ вдругъ человѣческимъ
голосомъ:—«скочи и ты-жь скорѣй!»—
Отвѣчать я самъ словами не могъ, какъ
уже говорилъ тебѣ, бабушка, а всякую
людскую рѣчь понималъ, хоть не то,
по-нашему, а на какомъ хочешь нѣмец-
комъ языкѣ скажи, и то все пойму.... Ну,
такъ понялъ я его, подбѣжалъ, встрях-
нулся хорошенько и перескочилъ разъ,
другой и третій, какъ онъ, и какъ онъ же
упалъ отъ устали. Полежалъ, полежалъ,
да хотѣлъ этакъ вскочить поволчьему,
по привычкѣ, на всѣ четыре ноги,—анъ
нѣтъ, не то: гляжу у меня только стало
двѣ ноги, а изъ двухъ другихъ опять
руки сдѣлались.... Вотъ тутъ-то я и
перекрестился, бабушка, въ первый разъ
въ три года.... гляжу—совсѣмъ человѣкъ
сталъ, только сапоги изношенные крѣпко,
платье порвано.... Ну вѣдь разсуди, три
года одно: за одно и ходилъ и спалъ, и
ѣлъ и сидѣлъ не раздѣваючись, такъ
вотъ какъ же ты говоришь, чтобъ была

цѣла муниція? извѣстное дѣло, обшмы-
галась! »

— А давно это съ тобой, родимый,
приключилося?...

« Сказалъ бы какъ давно, бабушка,
да нельзя, запретъ наложенъ!... этотъ же
волкъ, что прыгать мнѣ присовѣтовалъ,
опять-таки мнѣ тогда тутъ же, только
ужъ турецкимъ языкомъ, выговорилъ: «Если
скажешь, говоритъ, кому, когда былъ
оборотнемъ, — то онять станешь волкомъ
да еще пожалуй и взбѣсишься! » — Ну,
а ты, бабушка-касатушка, вѣдь этого не
пожелаешь мнѣ, не правда ли? да и вы
то же, дѣвицы красныя, прибавилъ Яшка
къ окружавшимъ его. — Эхъ, мало ли что
на свѣтѣ дѣется, главное дѣло ничего не
робѣй, а будь добрѣй, веселѣй! ... Одол-
жите-ко еще чарочки съ винцомъ на
нодержанье, такъ послѣ этой сказки-но-
баски, я вамъ спою пожалуй пѣсенку —
хоть голосъ и хриповатъ, да вѣдь это
вамъ не въ-накладъ ..»

Тутъ Янка пошелъ опять отпускать
рѣчь за рѣчью, слово за словомъ. И вы-
пилъ еще, и поужиналъ, и ночевалъ, ни-
чего за постой не платя; да и на утро,
въ путь сбираючись, получилъ нашъ во-
рожей еще-таки кое-чего отъ красныхъ
дѣвушекъ: надавали они ему разныхъ объ-
ѣдковъ лакомыхъ на дорогу, столько, что
и дѣвать некуда, да и поправдѣ некуда:
карманы-то худые, котомка-то не больно
ѣмкая, такъ еще тутъ же ему и мѣше-
чекъ дѣвицы припасли....

— На, сказали, дѣдушка-служивый,
возьми на здоровье, только не забудь насъ:
поворожи еще дорогой про насъ, чтобъ
твоя вчерашняя ворожба сбылась!....

—

Это была кажется послѣдняя штука нашего Янки-солдата; въ пути съ нимъ ничего особеннаго не случилося, а если и было что, такъ неважное.

———

Яшка кончаетъ свой путь

Пришелъ наконецъ, доплелся нашъ служба Яшка (по старости-то его уже бы и Яшкой совѣстно звать, да ужъ по привычкѣ такъ) доплелся до своего прежняго гнѣзда теплаго.... А тамъ уже почитай все не то: старики чуть ли не всѣ успокоилися вѣчнымъ сномъ: товарищи его, мальчуганы, стали, кто чѣмъ смогъ, или кто былъ достоинъ чего: иной также, какъ и Яшка, сгинулъ, пропалъ совсѣмъ,

иной сталъ прикащикомъ, и такой сано-
витый сдѣлался, что не знаешь, съ ко-
торой стороны и подступить къ нему,
буде придется спросить о чемъ.... А
иные, еще лучше,—изъ мальчиковъ сдѣ-
лались сами хозяевами.

Лавку дяди Ѳомы на томъ же мѣстѣ
увидалъ Яшка нашъ; но только вмѣсто
простенькой прежней вывѣски: «продажа
всякаго краснаго товару, — надъ лавкой
была новая, на которой по голубому по-
лю золотыми буквами значилось: Торговля
разнаго товару краснаго. Сыновей купца
Ѳомы Большой-Кромы. Значитъ скончал-
ся самъ старикъ Ѳома.

Вошелъ Яшка въ лавку, глядитъ—экая
стала просторная: точно въ ней стѣны
пораздвинули, и полки и прилавки все
подъ-дубъ выкрашено: есть и шкафы
со стеклами, и мальчужечка у лавки
спрашиваетъ нашего Яшку такъ вѣжли-
во: «чего, господинъ служивый, угодно

вамъ?» — Взглянулъ Яшка вдаль и уви-
дѣлъ: стоитъ его двоюродный братъ,
Матвѣй, — дюжій мужчина, съ бородой
складистой, — стоитъ и разговариваетъ со
своими подчиненными; онъ въ кар-
тузѣ, а тѣ безъ шапокъ передъ нимъ
стоятъ.

— Богъ вамъ на помощь, Матвѣй Ѳо-
мичъ! — произнесъ Яшка громкимъ сол-
датскимъ голосомъ.

Матвѣй Ѳомичъ обернулся, подо-
шелъ поближе, не признаетъ еще, и
спрашиваетъ: что тебѣ, кавалеръ? отку-
да ты?

— Али ужь не признаете Яшки ока-
яннаго, что надоѣдалъ вамъ въ своей
молодости?..

Матвѣй Ѳомичъ взглянулъ еще поири-
стальнѣй и кинулся обнимать Яшку....
Видно что добрый былъ человѣкъ Ма-
твѣй.

« Ахъ, братъ Яша!... еще живаго
видать?... Здравствуй! здравствуй! те-
перь совсѣмъ узналъ!... Только какъ же,
братецъ мой, ты состарѣлся!... поистинѣ
трудно и призвать почти. Ну, садись,
пока отдохни, да пойдемъ домой. Чай
тебѣ съ дороги и перекусить надобно, и
успокоиться.... »

И сказавъ это, еще-таки обнялъ и по-
цѣловалъ брата Яшку Матвѣй Ѳомичъ, и
усадилъ на стулъ, — на тотъ самый
складной деревянный стулъ, на кото-
ромъ нѣкогда сиживалъ покойный дядя
Ѳома Большая-Крома.

Ни слова на такой привѣтъ не могъ
вымолвить Яшка нашъ, а только опу-
стился на стулъ, зарыдалъ какъ ребе-
нокъ маленькій... И ужъ вдоволь напла-
кавшись, проговорилъ, всхлипывая:

— Охъ, братецъ Матвѣй Ѳомичъ, зло-
дѣй ты этакой! Что-жь ты меня встрѣ-
чаешь такъ привѣтливо?... не стою я,

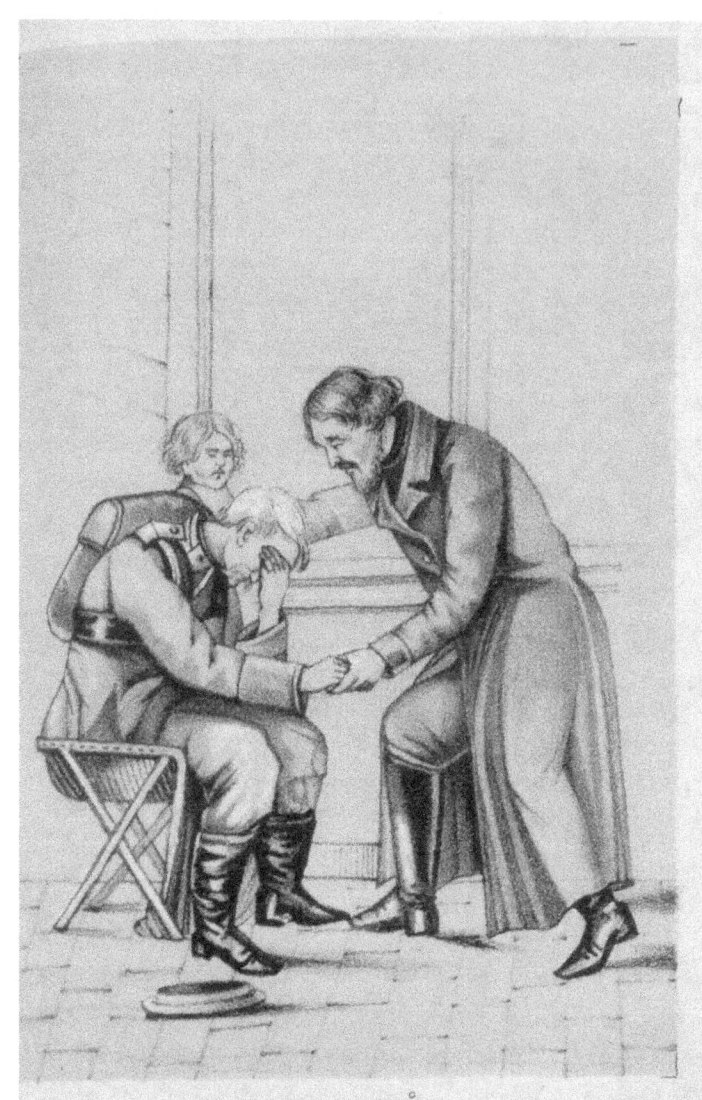

РАСКАЯНІЯ.

Матвѣй Ѳомичъ, такой ласки твоей...
Много я творилъ у васъ негоднаго.... Не
наказывай меня своею ласкою,—это мнѣ
больнѣе, чѣмъ бы ты меня прочь ото-
гналъ.... Спасибо-бъ и за это, если-бъ ты
промолвилъ только: «подайте Яшкѣ хлѣба
кусокъ, онъ не стоитъ болѣе!»... Я и за
это поклонился-бъ тебѣ какъ благодѣте-
лю.... А теперь?... Какъ же такъ?...
Мнѣ стыдно и смотрѣть на тебя! Боль-
но я виноватъ передъ твоимъ родите-
лемъ, передъ моимъ дядюшкой, Ѳомой
Ѳомичемъ, царство ему небесное!...

И опять-таки горько заплакалъ Яшка,
припомнивая грѣхи старые. Прослеэился
и Матвѣй Ѳомичъ, видя искреннее рас-
каяніе Яшкино; но вскорѣ прибавилъ
весело, взявши за руку Яшку, своего
брата двоюроднаго:

« Эхъ! братъ Яша! мало ли что бы-
ваетъ въ молодости!... Что было, то
прошло, заглохло, будыльемъ поросло!..,

Ужъ времени прежняго не воротить-стать назадъ, съ тѣмъ, чтобы опять зажить заново! Были мы мальчуги, теперь старики.... Вотъ, къ несчастью, батюшка скончался, а не то бы и онъ тебя принялъ радостно и было-бъ еще намъ веселѣй. Ну, да на все вѣдь воля Божія... Вотъ остался я одинъ большой въ семьѣ, братишка выросъ тоже, дома онъ теперь.— Богъ благословилъ меня, братъ Яша: женился я еще при батюшкѣ; жена у меня баба хорошая, добрая, некапризная.... И дѣтки у меня, братъ Яша, есть.... Посмотри, ребятишки знатные, баловливы только порой,—матери плохо слушаютъ, да вѣдь что-жъ съ ними дѣлать:—дѣти! придетъ время, возрастутъ, ну, станутъ и степеннѣе.... а пойдемъ-ко, право, посмотри, какъ они облѣпятъ тебя: «дядя! дядя! скажи сказочку!...» да, такъ, братъ, отъ нихъ не отдѣлаешься!

Яшка сидѣлъ молча, какъ будто въ раздумьи, понуря голову, и обтирая ру-

ками слезы, которыя все еще порыва-
лись, какъ онъ ихъ ни останавливалъ.

« Ну, полно, братъ Яковъ!» прибавилъ
еще ласковѣе Матвѣй Ѳомичъ, потре-
павъ по плечу брата Яшку, и припод-
нимая его со стула: «пойдемъ домой,
выпьемъ по чаркѣ, да перехватимъ чего
пока, вѣдь ужъ скоро почитай время обѣ-
денное…. Ну и сметаною тебя пополчи-
ваю!… Авось опять не станешь ею ры-
ло марать у соннаго….

И при этомъ весело захохоталъ Матвѣй
Ѳомичъ, вспомнивъ старую проказу
Яшкину. Да и самъ Яшка при этомъ на-
поминаніи не вытерпѣлъ: слезъ-то еще
не унялъ совсѣмъ, а такъ и закатился
звонкимъ смѣхомъ, вспомнивъ проказу
добраго времени прошлаго.

И тутъ, какъ будто помолодѣлъ вдругъ
Яшка нашъ; вскочилъ на ноги, бодро,
кинулся къ Матвѣю, обнялъ его крѣпко—

7**

накрѣпко, ухватилъ насильно у него ру-
ку, поцѣловалъ ее звонко, и выговорилъ
твердо и разстановисто:

— Ну, братъ Матвѣй, теперь вѣчный
батракъ я твой!... У тебя дѣти ребя-
тинки есть — давай ихъ, давай!... Я съ
ними неразлучный товарищъ, пока мо-
гила не приберетъ меня... Я ужъ, братъ,
положись, не дамъ ихъ въ орудованье
лукавому!.. Буду охранять, сберегать!...
Главное дѣло, братъ, за ребенкомъ смо-
трѣть: чтобы онъ, вопервыхъ, никогда
не лгалъ, родителей, или кого слѣдуетъ
въ семьѣ, почиталъ; Богу бы, какъ дол-
жно, молился; съ дурными-бъ людьми не
водился, — да никогда бы не смѣлъ на-
смѣхаться надъ тѣми, кто хоть нѣсколько
постарше его. Иначе всякой добрый и
хорошій ребенокъ, не говоря о дурныхъ
можетъ навсегда истымъ, неисправимымъ
Яшкой-солдатомъ сдѣлаться!...

———

Тѣмъ, люди добрые, покончились по-
хожденія нашего *Солдата Яшки красной
рубашки съ синими ластовицами*. Позволь-
те при этомъ еще одно вымолвить: какъ
я, на крестинахъ у Яшки каши не ѣлъ,
такъ не могу утверждать—точно-ль его
солдата звали Яшкой, а не другимъ ка-
кимъ именемъ, этого мнѣ въ точности
невѣдомо.... А только извините, если
исторія про него коротка, или длинна
черезъ-чуръ: не знаю, что вамъ изъ этого
лучше нравится?...

А если эта и въ правду неладна,
извольте приказать: разскажемъ другую,
новую; а этой исторіи вышелъ.

КОНЕЦЪ.

ОГЛАВЛЕНІЕ

ПЕРВОЙ ЧАСТИ.

ОГЛАВЛЕНІЕ.

ВТОРОЙ ЧАСТИ.

IV

ЗА ДВѢ ЧАСТИ ЦѢНА 1 Р СЕР

www.ingramcontent.com/pod-product-compliance
Lightning Source LLC
Chambersburg PA
CBHW081153170626
46813CB00009B/3177

* 9 7 8 1 5 3 5 8 1 6 1 4 4 *